KEITAI
SHOUSETSU
BUNKO
SINCE 2009

クールなモテ男子と、

キスからはじまる溺愛カンケイ。

～新装版　いいかげん俺を好きになれよ～

青山そらら

JN031996

⊙STARTS
スターツ出版株式会社

イラスト／ゆにしま獏

イケメンでスタイル良し。スポーツ万能。秀才。
なんでも揃った男友達のアユ。
もちろんモテモテでいつも女子にキャーキャー言われてる。
だけど私は今まで、全然意識したことがなかった。
噂によると、どうやら好きな子がいるみたいなんだけど……。

イジワルだし、毒舌だし、好きな子が誰なのか絶対に教え
てくれないし。
そんなアユがある日突然、
「いいかげん気づけよ」
豹変しました。

「美優、すげぇかわいい」
「俺のこと見ろよ、ちゃんと」
「嫌だ。離したくねぇよ」

急に積極的になったアユに、ドキドキしたり、ときめい
ちゃったり、どうしちゃったの私……！

友達だったはずの関係が、どんどん甘くなっていく？

「いいかげん俺を好きになれよ」

新装版

「いいかげん俺を好きになれよ」

クールなモテ男子と、

キスからはじまる

溺愛カンケイ。

人物紹介

ミュ

アユ

石田美優
（いしだみゆ）

渡瀬歩斗
（わたせあゆと）

恋に憧れる高校2年生。明るく元気な性格で、恋愛ドラマや少女漫画が大好き。アユとは1年の頃から仲良し。

クールでモテモテなミユの男友達。バスケが得意で、秀才。口は悪いけれど、根は優しくて面倒見がいい。1年の時から好きな子がいるらしいけれど…？

原田絵里
はらだえり

ミユの親友。しっかり者の姉御肌。たまーに毒舌。

倉田真由香
くらたまゆか

ちがう高校に通っているミユの従姉妹。お嬢様系美女で、ミユの良き相談相手。

今井淳一
いまいじゅんいち

アユの中学時代からの先輩。女グセが悪いと噂だけど、ミユを気に入って…?

☆ contents

プロローグ   9

第1章

お前にだけは教えない   14

だから来るなっつったんだよ   38

じゃあ勝手にしろよ   52

そういうつもりで
来たんじゃないの？   61

べつにお前のためじゃねぇし   81

いいかげん気づけよ   96

第2章

普通にできないよ   110

大事にするに
決まってんじゃん   131

俺が教えてやるよ   146

俺やっぱお前のこと好きだわ   170

第3章

絶対手離すなよ　　　　　　　192

やっぱり付き合えない　　　　207

じゃあなんで泣いてんの？　　232

苦しくてたまらない　　　　　246

ホントはね　　　　　　　　　258

いいかげん俺を好きになれよ　269

特別書き下ろし番外編

じゃあ全部、俺にちょうだい　284

あとがき　　　　　　　　　　302

プロローグ

　ふたりきりの保健室。

　見つめ合ったまま少しの間沈黙が流れたかと思ったら、ふいに彼に片腕をグイっと引き寄せられた。

　そして次の瞬間、唇がそっと温かいものでふさがれて。

　えっ？

　あれ……？

　一瞬何が起こったのかわからなかった。

　状況を把握した途端、じわじわと顔が熱くなっていく。

　ど、どうしよう！

　今私、キスされた……？　どうして？

　だって私たちって、友達のはずだよね？

　いきなりどうしちゃったのかな？

「な、なんで……？」

　真っ赤な顔で戸惑う私に向かって、目の前の彼が真剣な表情で口を開く。

「バカ。いいかげん気づけよ」

　その言葉を聞いて、ハッとした。

　ウソ。じゃあ……。

　ずっと「好きな子がいる」って言ってたけど、それってもしかして。

　……どうしよう。信じられない。

　だって、今まで全然そんな素振り見せなかったのに。

　それとも私がただ気づいていなかっただけ？

　体中が沸騰したみたいに熱い。

　心臓がありえないくらいドキドキして、自分が自分じゃ

ないみたい。

　いつもクールでイジワルだった彼にまさか、いきなりキスされちゃうなんて、思ってもみなかったから。

　顔を赤くしながら、まっすぐな視線を向けてくる同級生。

　整った形のいい唇から……。

「ずっと好きだった。１年の時から、ずっと」

　その真剣なまなざしから、目を離せなくなる。

　ねぇ、どうしてこんなにドキドキしちゃうの……？

第1章

お前にだけは教えない

「ねぇねぇ絵里、昨日の『恋ドキ』見た？」

　私、石田美優は高校２年生。

　今日もお昼休みは、今ハマっている恋愛ドラマについて熱く語り中。

「悠馬くん、やっぱり最高だよね。ピンチの時には必ず助けてくれるんだもん。それにあのハグのシーン、めちゃくちゃキュンキュンしちゃった！」

「あはは。美優ったら、ほんと好きだね〜」

　私の隣で呆れたように笑いながらスマホをいじっているのは、親友の原田絵里。

　しっかり者だし落ち着きがあって、ロングのストレートが似合う美人。

　たまに毒舌なところもあるけど、面倒見がよくて姉御肌な彼女とは、１年の頃からずっと一緒にいるんだ。

「あー、私もあんな恋がしてみたいなぁ。悠馬くんみたいな人が現実にいたらいいのに」

「そう？　私は健斗派だけど」

「たしかに健斗くんもいいよね！　でも悠馬くんは、たまにかわいかったり、ギャップがあるところがいいんだよ〜」

　私がうっとりした顔で話すのを聞きながら、絵里が「はいはい」と慣れたように相槌を打つ。

　絵里には彼氏がいるから、恋に憧れてばかりの私の話は

もう聞き飽きてるかもしれないけど。

　やっぱり一度でいいから、自分もドラマのようなドキドキする恋をしてみたいなって思う。

　まぁ残念ながら、いまだに恋愛経験はゼロだし、そんな出会いもないんだけど……。

「おい、美優」

　そんな時、ふと背後から誰かに名前を呼ばれた。

　そして、額にピタッと何か冷たいものが当たる感触がして。

「ひゃっ！」

　驚いて声をあげると、うしろから聞き慣れたふてぶてしい声が響く。

「なに驚いてんだよ。これ買って来いって言ったの、美優だろ」

「あっ、はいはい、そーだった！」

「ったく。このジュースそこの自販機にねーから、わざわざ学食行ったんだからな」

　そう言って顔をしかめる彼は、一番仲のいい男友達の渡瀬歩斗で、私は"アユ"って呼んでる。

　すらっとした長身に、ストレートの黒髪、そして切れ長の目にスッと通った鼻筋。

　見た目は俗にいうイケメンというやつで。

　さっき英語の小テストで勝負したら奇跡的に私が勝ったから、ジュースをおごってもらったんだ。

「わーい！　ありがとう！　アユ」

　ニコニコしながら"特濃いちごミルク"を受け取る。

　このジュースは私のお気に入りで、ほぼ毎日飲んでるもの。

　普通のいちごミルクより、いちごの味が濃くって、すごーくおいしい。

　だけど、なぜか学食の自販機でしか売ってなくて、たまに売り切れちゃうの。

「よかったね。売り切れてなくて」

　そう言いながら笑う絵里を見て、ニッと笑い返す私。

「うん、ラッキ〜！」

「つうか指定すんじゃねー。普通のいちごミルク飲めよ、めんどくせぇ」

「なによ、アユが負けたくせに〜」

「うるせーな。いつもは俺が勝ってんだろ」

　こんな感じで、アユとはいつも小テストでジュースを賭(か)けたり、予習を見せてもらったり、一緒に帰ったりしてる。

　こう見えて、実はすごく気が合って。

　友達っていうのは、男女関係ないんだなぁって最近思う。

　アユはちょっと口が悪いけど、本当はとてもいいやつで。

　1年の時、隣の席になって以来、ずっと仲がいいんだ。

「あーいたいた、絵里」

　そこに現れたのは、絵里の彼氏の三浦政輝(みうらまさき)。

　サッカー部所属の彼は、日焼けが似合う爽(さわ)やかスポーツ男子で、アユの親友でもある。

　しかも親が超お金持ちで、アユとは同じ中学出身。

　去年、私たち4人は同じクラスだった。

　今は私とアユがC組、絵里と政輝がD組で、クラスは分かれちゃったけど、今でも4人で仲良しなんだ。

　すると、その時政輝が私のスマホの画面をチラッと覗いてきて。

「あ、これ『恋ドキ』の悠馬じゃん。俺も観てるわ」

「ウソッ！　政輝も？」

「うん」

「ねぇ、昨日の見た？　めちゃくちゃキュンキュンしなかった!?」

　私が目を輝かせながら尋ねると、政輝は少し苦笑しながらも「あぁ」とうなずく。

　そしたら絵里がサッとスマホを指差して。

「美優は、このドラマに出てくる悠馬がタイプなんだってさ〜」

「え、そうなの？　意外」

「なんで？　悠馬くんカッコよくない？」

「うーん……。でも、そんなドラマに出てくるイケメンより、現実で相手探したほうがいいんじゃね？　美優もそろそろ彼氏のひとりくらい作れば？」

　政輝に呆れたような顔で言われ、思わずウッと顔をしかめる私。

「い、いやぁ、私だってもちろん彼氏はほしいなって思ってるよ？　でも、そんな悠馬くんみたいなイケメン現実にいるわけないし、そもそもどうやって恋愛したらいいのか

もわかんないし……」

　そう。作らないっていうか、できないんだもん。

　そしたらその会話を横で聞いていたアユが、すかさず突っ込んできた。

「無理無理。美優には彼氏なんてまだ100年早ぇよ」

「……ちょっ、なにそれ～！　アユに言われたくないよっ」

　ひどいっ。アユだって彼女いないくせに！

　いつもそうやって人のことをバカにして。

　ムッと頰を膨らませた私の肩を、絵里がポンと叩く。

「っていうか、探さなくてもここにイケメンいるじゃん」

「えっ！　どこに……？」

　しかもなんと、絵里が指差したのは、目の前のアユで。

「ぶっちゃけ悠馬なんかより、歩斗のほうがイケメンじゃない？　もっと近くの男を見てみたら～？」

　って、またまた～。絵里ったら。

　たしかにアユはかなりのイケメンだと思うけど、私とアユは、全然そういう関係じゃないし。

　というか、そもそも……。

「えーっ、でも、アユは好きな子いるんでしょ？　それにアユの顔はもう見飽きるくらい見てるからなぁ、私」

「チッ、お前な……」

「わっ！　舌打ち！」

「俺だって、お前の顔なんか見飽きてんだよ」

「やだ、なんで怒ってんの！」

　そう、どうやらアユには好きな子がいるらしいんだ。誰

かは教えてくれないんだけど。

　１年の時からずっと、本人と政輝が言ってる。

　政輝はその子が誰なのか、知ってるみたいなんだけどね。

「あーあ。ほんと相変わらずだよな～、お前ら。でもまぁ俺も、美優は男見る目ないと思うわ」

「えっ、ちょっと待って！　政輝までひどい!!」

「だから100年早いんだって」

「ちょっとアユ!!」

　うぅ……またしてもバカにされてしまった。

　私がこうやってドラマに出てくるイケメンの話をしたりすると、みんなすぐ「現実で彼氏を作れ」とか言ってくるんだよね。

　とくにアユはすぐバカにしてくるから、なんなんだろうって思っちゃう。

　自分が彼女をつくるより先に、私に彼氏ができたら悔しいっていってことなのかな？

　すると、その時近くの渡り廊下を３年生の集団が通った。

　移動教室なのか音楽の教科書を抱えて、みんなこっちをジロジロ見てる。とくに女子たち。

「きゃーっ！　あれって渡瀬くんじゃない!?」

「うわー、やっぱ超カッコいい！　きゃっ、こっち見た～!!」

　どうやらアユのことを見て、騒いでいる感じ。

　そう。実はアユはこう見えて、うちの学校でもめちゃくちゃ人気があって。とくに先輩からの人気はハンパないんだ。

　たしかにアユってすごくきれいな顔をしてるし、スタイルもいいし、パッと見でも目を引くルックスであることは間違いないけれど……。

「騒がれてるよ～、渡瀬クン。相変わらず人気あるね～」

「うるせ」

　こういうのを、見向きもしない。愛想笑いもしない。

　むしろ迷惑そうにしちゃって。

　そういうところ、ほんとにクールだなぁって思う。

　なんてことをボーッと考えていたら、その女の先輩たちのうしろから、見覚えのある背の高い茶髪の男子がこちらに向かって歩いてくるのが見えた。

「あっ……」

　思わず声を漏らしてしまった私。

　目線の先に映るのは、ひとつ上の今井 淳一先輩。

　私が密かに憧れている人。

　といっても、去年の文化祭のミスターコンで先輩が歌を歌っているのを見て、そのルックスと歌声の美しさから勝手にファンになってしまっただけで、一度も話したことはないんだけど……。

「なに美優、もしかしてまたあの今井先輩見てんの？」

「……シッ！　聞こえちゃうよ～！」

　絵里に言われて慌てて小声で注意する。

　すると、その時今井先輩が目の前を通り過ぎたかと思ったら、ポケットから生徒手帳をポロっと落としてしまって。

　気が付いた私はすかさずそれを拾うと、先輩に声をかけ

た。

「あ、あのっ……！」

　そしたら先輩は、クルッとこちらを振り向いて。

「ん？」

「えっと……これ、落としましたよっ」

　ドキドキしながら生徒手帳を手渡したら、彼はハッとした顔で受け取ってくれた。

「うわ、マジで？　全然気づかなかった。ごめんね」

　そして、再びポケットにそれをしまったかと思うと、ニコッと笑みを浮かべて。

「どうもありがと」

「いえっ、どういたしまして……っ！」

　まさかの展開に、心拍数が一気に上昇してしまう。

　ど、どうしようっ。今井先輩としゃべっちゃった！　しかも、笑いかけられちゃった！

　近くで見ると、さらにカッコいいかも……。

　そしたら、そんなふうに真っ赤な顔で固まる私の腕を、いきなりアユがギュッと掴んできた。

「おい。帰るぞ、美優」

　しかも、その顔はなぜだかとっても不機嫌そう。

　まだ予鈴のチャイムも鳴ってないというのに、そのままグイグイと教室のほうまで私の腕を引いて歩いていく。

「えっ？　ちょっと！　待ってよアユっ」

「浮かれてんじゃねーよ、バカ」

「なっ……」

　引き止めても、そんなの聞いてないって感じでどんどん歩いて行ってしまうので、私はまるで連行されるかのように、しぶしぶアユと教室に戻った。

　もう、なんなんだろう、急に。

　せっかく今、今井先輩と話せてうれしかったのに。

　アユはいつもなぜか、私に対してだけイジワルだったり、強引なところがあるんだよね。どうしてなんだろう？

　アユと仲良くなってからもうだいぶ経つけれど、いまだに何を考えてるかわからない時があるんだ。

　帰りのＨＲが終わると、さっそくアユが私の席にやってきた。

「美優、準備できた？」

　カバンをドサッと机の上に置いて、いつもどおりクールな表情で私をじっと見下ろして。

　こうやって一緒に帰るのは、べつに今に始まったことじゃない。

　帰宅部のアユと、手芸部幽霊部員の私は、放課後とくに学校に残る理由もなくて、政輝たちの部活がない時以外は、たいていふたりで帰ってる。

　ちなみに絵里は美術部。

　最初の頃は、よくみんなに問いつめられたんだ。『歩斗くんと付き合ってるの!?』とか。

　だけど、私とアユはまったくそういう関係じゃないし、普通に友達だってことは、説明してもあまり理解しても

らえていないようだった。

　ほかの女子からしたら、アユみたいなイケメンと普通に友達でいられる神経がわからないんだって。

　『意識しちゃわない？』なんて言われるけど、しないから友達でいられるのに。

　それに、アユにはちゃんとほかに好きな子がいるわけだし。

「うん、バッチリ！　今日はシマシマの新曲の配信日だもんねっ」

「そう。だから早く行こうぜ」

「はーい」

　私は元気よくうなずくと、軽やかな足取りで教室を飛び出した。

　学校を出てまっすぐ駅まで向かった私たちは、ふたりで迷わず駅ビルの中のカラオケ店へと向かった。

　なせなら今日は私たちが大好きな『シマシマ』っていう音楽クリエイターユニットの新曲が配信されるから、そのミュージックビデオを一緒に見ようって約束をしてて。

　ついでにここでシマシマのＭＶ鑑賞会をする予定。

　部屋にある機材にスマホを繋ぎ、ふたりで隣り合わせにソファーに腰かける。

　そして、先ほど配信されたばかりの新曲のＭＶが大きな画面に映しだされた途端、一気にまたテンションが上がった。

「ひゃーっ、待ってました！」

　パチパチと手を叩き、ライブを鑑賞する勢いでMVに夢中になる私たち。

　きれいなアニメーションと共に、美しいボーカルの声が部屋中に響き渡り、思わずうっとりしてしまう。

　シマシマの新曲は毎回ほんとにいい曲ばかりなんだけど、今回も期待どおりの素敵な曲で、MVを見終わった瞬間胸がいっぱいになってしまった。

「うわぁ、超いい曲！　私、この曲めちゃくちゃ好きかも！」

　そう言って隣にいるアユのほうを振り向くと、アユもウンウンと首を縦に振ってうなずく。

「俺もこれ、すげー好き。てか、歌詞良すぎじゃね？」

「だよね！　サビの歌詞が切なすぎて泣きそうになったよ」

「わかる」

　こんなふうに、ふたりで曲について語り合うのもいつものことだけど、それがまたとっても楽しい。

　そのあとはそれぞれドリンクバーから好きな飲み物を取ってきて、それを飲みながらおなじみのMV鑑賞会をして盛り上がっていた。

　だけどふと隣を見た時に、アユがなんとアイスコーヒーの上にソフトクリームを乗せていることに気が付いて。

「えっ！　そのアイスどうしたの？」

　私が尋ねると、アユはしれっとした顔で答える。

「あぁ、これ？　ドリンクバーにソフトクリーム乗せるやつあったじゃん」

「ウソッ、知らなかった！　いいな～」

　なにそれ。そんな素晴らしい機械まで備えていたなんて。

　私もソフトクリーム乗せにすればよかったよ。

　そしたらそんな私のうらめしそうな視線に気がついたのか、アユがスプーンで自分のソフトクリームをすくって。

「じゃあ美優も食べれば？」

「えっ」

　そのまま私の口元へとまっすぐ運んでくれたので、迷わずぱくっと一口でいただいた。

「ん、おいし～い！」

　私が両頬に手を当てながらうれしそうにつぶやくと、向かいにいるアユはなぜか、黙ったまま私をじっと見つめてくる。

　それから何を思ったのか、いきなりはぁっとため息を吐き出して。

「アユ、どうしたの？」

　なんだろうと思って尋ねてみたら、急にちょっと不服そうな顔をしながらボソッとつぶやくアユ。

「いや、こういうのもっと意識しろよなって思って」

「え？」

　意識？

「って、ウソだよ。なんでもねぇよ」

　だけど、その意味がいまいちよくわからなかったので、私はポカンとしてしまった。

　なんだろう。どういう意味？

「え、ちょっと待って。気になるよっ」

「だーかーらー、なんでもねぇって言ってんだろ」

　私がさらに問い詰めようとすると、今度ははぐらかすかのように髪をわしゃわしゃとかき乱されてしまって。

「ひゃっ！　なにすんのっ」

　そんなふうにじゃれ合っていたら、いつの間にか時間が過ぎていて、途中からMVを見るというよりも、ふたりでただ話しているだけみたいになってしまった。

　でもまぁ、それでも楽しいからいいんだけど。

　アユは学校だったりみんなといる時はすごくクールだし、イジワルな時もあるけど、こうしてふたりきりでいる時は案外そうでもない。

　一緒にふざけたり、盛り上がったりしてくれるし。

　だから、ケンカしながらも仲良しでいられるんだけどね。

　そもそも私とアユが仲良くなったのは、１年の時に隣の席になったからってだけじゃなくて、お互いシマシマの曲が好きで意気投合したのがきっかけなんだ。

　従姉妹に教えてもらった、この音楽ユニット。

　当時は周りに知ってる人があまりいなくて、語り合える相手というのは、お互いに貴重な存在だった。

　思い出すとちょっと懐かしいけれど、アユの第一印象って実は最悪だったんだよね──。

　★

　1年生の最初の席替えがおこなわれてすぐのこと。

　ドジな私は席替えして早々に、教科書を忘れてしまった。

　そしてさっそく、隣の人に借りることにしたんだ。

　隣の席になったのは、うちの学年でも断トツでイケメンだって噂される渡瀬歩斗くん、そうアユで。

　仲良くなれるかも……なんて期待して、ドキドキしながら声をかけた。

「あの、教科書忘れちゃったんだけど、見せてもらってもいいかな？」

　だけど、彼の反応といったら。

　——バサッ。

　私が発した言葉に、イエスともノーとも言わず、ただ無言で、教科書を机の上に無造作に置いただけ。

　こっちを見向きもしないで。

　びっくりした。なにこの人、めちゃくちゃ感じ悪いじゃんって。

　彼は入学当初から女子にすごく人気があったし、みんなから、『隣の席になれていいな〜』なんて言われて、私も最初はラッキーかもって思ってたんだけどね。

　現実はそう甘くはなかった。

　だって、無愛想すぎるし、冷たいんだもん。

　話しかけてもあまり話してくれないし、全然会話が盛り上がらない。

　みんなはクールでカッコいいとか言うけど、いくら顔がよくても、この性格はどうなんだろう？って。

　この人とは、絶対に仲良くなれないやって思った。

　そして、だんだんとイメージが"カッコいい！"から"嫌なヤツ"にシフトしはじめた頃……。ことは起こった。

　ある日の帰り道。電車に揺られながら、イヤホンを耳につけ、いつものようにスマホでシマシマのMVを見ていた私。

　そしたら、次の駅に止まった途端、大勢の人がなだれ込んできて。いつの間にか満員電車となってしまった。

　スマホを片手に身を縮めながら人の圧に耐える私。

　すると、次の瞬間電車が大きく揺れて、ふらついた私はすぐ横にいた酔っ払いのおじさんのほうへと倒れそうになってしまって。

　危ないと思ったその瞬間、目の前に立っていた誰かがガシッと腕を掴んで支えてくれた。

　えっ……？

　驚いて見上げると、そこにはなんと、あの無愛想なイケメン、渡瀬くんの姿があって。

「わ、渡瀬くんっ？」

　私が声をあげると、彼は呆れたように眉をひそめながら。

「危ねぇな。フラフラしてんなよ」

　まさか渡瀬くんがこんなふうに助けてくれるとは思ってもみなかったので、思わずドキッとしてしまった。

「ありがとう……」

　なんだ、渡瀬くんたら教室ではあんなに冷たいのに、実

は優しいところがあるんだ。

　すると彼は、私が持っていたスマホの画面にチラッと視線を投げたかと思うと。

「それ、シマシマだよな」

　なんて声をかけてきて。

「え、知ってるの？」

「うん。俺も好きだから」

「ええっ！　ウソッ！　渡瀬くんも!?」

　まさかの発言に、思わず大声が出てしまった私。

　だって、あの渡瀬くんがシマシマを好きだったなんて。

　初めて知ったよ。

「わぁ、シマシマ好きな人に初めて出会えたからうれしい！ちなみになんの曲が好き？」

　私が尋ねると、迷わず即答する渡瀬くん。

「『キミノ夜空』」

「ウソーッ！　私もっ。気が合うね！」

　さらには一番好きな曲までまったく一緒だったので、めちゃくちゃうれしくなってしまった。

　すると、はしゃぐ私にシッと人差し指を立て、ボソッと呟く彼。

「おい、声でけぇから」

「あ、ごめん」

　やだ、ついテンションが上がって声が大きくなっちゃったよ。

「あとさ、『キライになれない』とかもいいよね」

「わかる。あと最近出た『初恋トラップ』って曲も」

「そうそう！　あの曲サビがやばいんだよね！　クセにな
るっていうか」

　そのままシマシマの曲の話で盛り上がった私たち。

　あらためて彼とちゃんと話してみると、今まで隣の席で
もほとんど話さなかったのがウソみたいに楽しくて。

　おしゃべりに夢中になりすぎたせいか、気が付けばふた
りとも自分の最寄り駅で降りるのを忘れて、そのまま乗り
過ごしてしまっていた。

　慌てて降りた駅のホームで、渡瀬くんに謝る。

「ご、ごめん。私がしゃべりすぎたせいで……」

「いや、俺も忘れてたし」

　なんだかちょっと恥ずかしいけれど、楽しかったから、
まぁいいよね。なんて思ってたら。

「石田の家、どこ？」

「えっと、隣の松葉町駅なんだけど、ここからなら歩いて
でも帰れるから大丈夫」

「そっか。じゃあ送る」

　渡瀬くんが突然、思いもよらないことを言いだして。

「……えっ。い、いいの？」

「だってもう暗いし、ひとりだと危ねぇじゃん」

　なんと私の帰り道の心配までしてくれたので、思わず感
激してしまった。

　どうしよう。なんか今日の渡瀬くん、いつもと違う？

　これってもしかして、シマシマのおかげかな？

「ありがとう。渡瀬くんって優しいんだね」

　私がそう言って彼を見上げると、フイッと視線を横にそらす渡瀬くん。

「……べつに。俺も方向一緒だから、ついでだよ」

　しかも、よく見るとその顔はちょっと赤くなっていて。

　それを見て思った。

　渡瀬くんって実は、ただシャイなだけなのかな？

　本当はいい人じゃんって。

　これまでのイメージが完全に上書きされたというか。

　この出来事をきっかけに、私とアユは少しずつ話すようになって、いつの間にか仲良くなったんだよね。

　そして、気が付けばいつも一緒にいるようになって。

　もし私がシマシマのことを知らなかったら、きっとアユとはこんなふうに仲良くなれなかったはず。

　だからほんと、これも何かの縁なのかなぁって思うよ。

「……が、俺的には好きなんだけど。って美優、聞いてんの？」

「ふふふ、聞いてるよ」

「なに笑ってんだよ」

「いやぁ、今日はアユ、よくしゃべるなと思って」

「はあっ？　お前に言われたくねーよ」

「ですよね」

　カラオケ店を出たあとは、お互いシマシマの曲について
あれこれ語り合いながら、駅前をブラブラしていた。

　アユって普段はそんなにペラペラしゃべるほうじゃない
のに、好きなことになると熱くなってよくしゃべるから、
私はそれがおかしくて、笑ってしまう。

　だってなんか、かわいいんだもん。

　学校でも、そのくらいしゃべればいいのにって思うよ。

「ねぇ、アユってさぁ……」

「なんだよ」

「好きな子の前では、どんな態度取るの？」

　ふと、気になって聞いてみた。

　っていうか、いまだに好きな子のこと、教えてくれない
んだよね。

　誰なんだろ……？

　アユは案の定、急に話変えるなよって感じで眉をひそめ
てる。

　でも、私はずっと気になってる。アユの好きな子がどん
な子なのか。

　そして、私はどうしてこんなイケメンであるアユのこと
を、なんとも思わないのかなって。

　不思議なんだよね。

　好きだけど、べつに恋愛感情とかはない。

　どちらかといえば、親友に近い感じかもしれない。

「どんな態度って……なんでそんなこと聞くんだよ」

「だって、なんとなく気になって。やっぱりすごく優しく

するの？　っていうかどんな子なの？　いいかげん教えて
よ〜」

「無理」

「なんでよっ。ケチ！」

「美優にだけは教えない」

「えぇっ！」

　なにそれ、イジワル。

　なんで私にはダメなの？

「じゃあ、ヒントくらい……」

　するとアユは、私の頭にポンと片手を乗せてきたかと思
うと。

「今のがヒントだよ」

　……え？

　それだけ告げて、突然歩くスピードを上げた。

「っていうか、そんなのどうでもいいだろ。腹減ったし、ラー
メン食って帰ろうぜ」

「え、待って……！」

　そして、そのままスタスタと先に行ってしまって。

　もう、相変わらずマイペースだなぁ。

　そんなんじゃ、彼女できても愛想つかされちゃうぞ！

　っていうか、なんでアユは彼女を作らないんだろう。あ
れだけ女子にモテるのにね。

　好きな子だって、すぐに落とせそうなものなのに……。

「ねー、ちょっと待ってよ！　歩くの速いよ！　ほんと、
アユって……」

　すると私が言いかけたところで、アユがピタッと足を止め、うしろを振り返った。

「あーもう、どんくせぇな」

　そして呆れたようにため息をついたかと思うと、なぜか私の手をギュッと握ってまた歩きだして。

　……えっ？　なにこれ。

　アユったら、なんで手繋いでるの？

　思わずちょっとだけドキッとしてしまった。

　どうしよう。これじゃはたから見たら、カップルに見えるよね。

　って、なんで私、アユのこと意識してるんだろ……。

　そのあと、よく行くお気に入りのラーメン屋に入った私たちは、ふたりで同じラーメンを頼んだ。

　いつもの味噌バターコーンラーメン。

　音楽だけじゃなくて、食べものの趣味まで似てるんだ。実は。

　たぶん私とアユって、波長が合うんだと思う。

　だからこうしていつも一緒にいるのかな。

　アユだって、普段あんまり女子と絡むほうじゃないのに、こうして私と仲良くしてくれるから、それってきっと気が合うと思ってくれてるんだよね。

　うん、そう思うことにしよう。

　たまに腹が立つこともあるけどね。

「あ、ねぇアユ……」

　と、私が言いかけたところで、アユの箸が私の器に入ってきた。

　そして、びろ〜んとワカメをつまみ上げる。

「さすがアユ。どうもありがと」

「俺はワカメ係か」

「ふふ、そうだよ」

　実はこれ、いつものやり取りで。

　恥ずかしながら私、ワカメが大の苦手で食べられないんだ。

　だけど、大好きなこのラーメンにはワカメが入ってて。

　それをいつも、アユがかわりに食べてくれる。

　アユはワカメが大好きなんだって。

　そのわりには髪の毛細いなぁ、なんて思うんだけど。

　初めてここに来た時、アユに食べてもらってから、なんかもう習慣みたくなってる。

　意外と面倒見がよくて、優しいんだよね。

　アユは頭もいいから、勉強だって文句を言いながらも教えてくれるし。

　帰り道だって、いつも送ってくれるし……。

　だからもし、アユに彼女ができたりしたら、こういう付き合いもなくなっちゃうのかな？と思うと無性に寂しい。

　絵里によく言われるんだ。

　『歩斗に彼女できたら、今みたいには一緒にいられなくなるよ』って。

　あんまり想像がつかないんだけど、いつかそんな日が来

るのかな。

　私はこれからもずっと、こんなふうに仲良くしていられたらいいなって思うんだけど。

「……なに見てんだよ」

「え？　ううん、なんでもない」

「早く食えよ」

「うん、食べてるよっ」

　アユがもし女の子だったら、こんなことで悩んだりしないのにね。

　異性の友達ってむずかしい。ふとした瞬間に関係が壊れてしまいそうで。

「なに考えごとしてんだよ。さっきから」

「えっ……。いやぁ、もしアユに彼女ができたら、ワカメ食べてくれる人がいなくなるなって思っただけ」

「はぁ？」

　そしたらアユは、不可解そうに眉間にしわを寄せ、箸を止めた。

　やだ私、またアユを怒らせるような変なこと言ったかも。

「だったら、ワカメ抜き頼めば」

「ですよね」

「っていうか、俺に彼女できたら、嫌なの？　お前」

　そして、急に真剣な表情で私に尋ねてきて。

　私をまっすぐにとらえる、まっ黒な瞳に思わずドキッとしてしまう。

「うーん。べつに、嫌ではないけど……」

　だけどそこで、私が曖昧に答えたら、彼は急にまた顔を
しかめて。

「へー、あっそ」

　不機嫌そうな声でつぶやいたかと思うと、再びラーメン
をすすりはじめた。

　あれ？　なんだろう。なんか怒ってる？

　アユって時々よくわからない。

　こんなふうに、わけもなく急に不機嫌になったりするん
だもん。なんでかな。

　それでも、こうして一緒にいるのが居心地いいと思うん
だから、きっと相性がいいんだよね。

　なにもかも、このままがいいな。

　アユとの関係も。

　ただのなんでもないようなこの日常が、私はとっても好
き。

だから来るなっつったんだよ

「ショック……。悠馬くん役の水沢リョウ、結婚するんだって。先輩……」

「知ってる、ドンマイ。でも、イイ男はみんなさっさと売れていくものよ。世の中、早い者勝ちなんだから」

「うぅ、それはそうだけど……。私の中ではダントツタイプな俳優だったのに……。はぁ」

「いやいや、どちらにしろ相手は芸能人でしょ。実際に付き合えるわけじゃあるまいし、凹んでもしょうがないじゃん」

　そう言われるとなにも言い返せない私は、ただ今トートバッグにウサギ柄の刺繍をしている最中。

　一緒にいるのは手芸部の３年生、荒木ハルカ先輩。

　たまにこうやって部活に顔を出しては、一緒に刺繍をしたり、ハンドメイドでアクセサリーを作ったりしてる。

「いいじゃん、美優にはアユくんがいるんだからさー。今日のアユくん、どうだった？　最近見てないんだけど」

「いやいや、だからアユとはそんなんじゃないんで。もちろん今日も元気にしてましたよ。バイト行くって言ってさっさと帰りましたけど」

「えっ、バイト!?　じゃあ帰り覗いてこーよ！　カフェの制服着てるアユくん見た〜い！」

「えぇっ！　またですか!?」

　実はハルカ先輩は、アユの大ファン。

　去年文化祭のミスターコンに今井先輩が出演した際、同中の後輩であるアユも無理矢理引っ張り出されて出場したことから、彼はたちまち上級生の間でも有名になった。

　「あのイケメン誰!?」って大騒ぎになったんだとか。

　まぁ私はその時に、今井先輩のことを知ったんだけど。

「目の保養だよ、目の保養。まったく、美優はなんでアユくんのよさがわかんないのよ〜。ホント見る目ないなぁ」

　って、またどこかで聞いたようなセリフ。

　私の好みはいつも否定されて、みんなアユにしろって言うんだけど、なんでかな?

　アユとはたしかに仲がいいけど、あくまで友達なのに。

「でも、バイト先に行くと怒られるんですよ。前だって友達と冷やかしに行ったら、『もう絶対来るな』って言われちゃって」

「それはただ、照れてるだけなんじゃん?　っていうか、私もう決めた。この刺繍終わったら、アユくんの店行こーよ。美優も付き合ってよね」

「えぇ〜っ!　ちょっと待って……!」

　というわけで、ハルカ先輩の突然の思いつきで、アユのバイトしてるカフェに行くことになってしまった。

　どうしよう。絶対またアユに怒られるよね、私。

　ざわざわと人の多い駅を抜けて、学校とは反対側の出口を降りていく。

　すると、オレンジ色の看板を掲げたおしゃれなカフェが見えてきた。

「来たー！　オレンジカフェ！　ここの制服けっこう好みなんだよね。アユくん、出てくるかな〜」

「やだよー先輩。私、怒られる……」

「いいから、いいからっ！」

　——ウィーン。

　ドアが開いた瞬間、柑橘系のようないい香りがただよってくる。

　店内は白とオレンジで統一されていて、相変わらずとてもかわいらしい。

「いらっしゃいませ。おふたり様ですか？」

　すると、奥からオレンジと白のギンガムチェック柄のワンピースっぽい制服を着た、かわいらしい店員さんが登場した。

「あ、そうです〜。渡瀬くんのお友達なんです、私たち。渡瀬くん、いますかー？」

　ちょっ、なに言ってるの。ハルカ先輩……！

「あ……そ、そうなんですか！　少々お待ちくださいね！」

　すると、店員さんは少し驚いたような顔をしていたけれど、すぐにアユのことを呼びに行ってくれた。

　なんだか別の意味で心臓がドキドキしてくる。

「あーもう、絶対怒られるよ〜」

「大丈夫だって。ちゃんと店の売り上げに貢献してるんだから！」

「それ、アユにはあんまり関係ない気が……」

「あるでしょー」

　そんなことをボソボソふたりで話してたら、お待ちかねのアユが登場。

「……いらっしゃいませ。って、美優かよ。なにしに来たんだよ」

　わわっ、やっぱり怒ってる……！

　だけど、オレンジのラインが入った白シャツに、腰から長い茶色のエプロンというおしゃれな制服は、悔しいくらい彼に似合っている。さすが。

「あ、どうもこんにちは～！　手芸部副部長の荒木でーす！」

「どうも」

「えっと、ほら、先輩とお茶みたいな？　あはは……」

「はぁ……」

　思いきり不機嫌そうな顔で、席まで案内してくれた。

「ご注文は？」

「私、オレンジミルクコーヒーのシフォンケーキセットで！」

「え、じゃあ私もそれで」

「かしこまりました。……あ、美優のぶん、ミントの葉、抜いとくぞ」

「ん？」

　いきなりそう言われたので何かと思い、あらためてメニュー表をちゃんと見てみた。

　写真を見ると、オレンジミルクコーヒーにもシフォンケーキにも、ミントの葉が添えてあって。

　私は昔からミントがダメで、いつもあらゆるメニューでミントの葉を抜いてもらっているのを、アユは知ってるんだ。

　よく気が付くなぁ。

「あ、うん、そうだね。ありがと」

　――ベシッ。

「……いたっ！」

　なぜかいきなり手に持った注文伝票で頭を叩かれた。

　ひ、ひどい……。なに、この店員。

「以上でよろしいですか？」

「はーい」

「少々お待ちください」

　そう言って背を向け、その場から去って行ったアユを、ニヤニヤしながら見つめるハルカ先輩。

「なに今の〜。ラブラブじゃーん」

「へっ!?」

　ラブラブって、今のどこを見てそう思ったのかまったくわからないよ。

　だって、いきなり頭叩かれるんだよ。しかも今、バイト中だよ？

　いくら私が知り合いだからって、雑に扱いすぎじゃないかな……。

「だってなんか、お前のことはなんでも知ってるぜって感

じじゃん？」

「は、はぁ……」

「それにアユくんはたぶん、美優にしかあーいうことしないよ。あれも愛情表現でしょー？」

「えっ、そうなんですか？　あれのどこが？」

　うーん。いまいちハルカ先輩の言ってることがわからない。

　ハルカ先輩はアユのファンのはずなのに、どうしてなのかいつも、こうやってアユとのことを冷やかしてくるし。

「まぁ、それにしても相変わらずの毒舌っぷりだね。あのニコリともしない感じ、たまんないわ」

「ははは……」

　私は思わず苦笑いした。

　そう。アユってなぜか、あんなに無愛想なのにすごく人気があるんだよね。

　クールでカッコいいってみんなは言うけれど、無愛想で毒舌な男子より、優しいほうがいいんじゃないのかな？

　女の子ってみんな、甘やかされたいものだと思うんだけど……。

「あれで毒舌じゃなかったら、もっとモテると思うんですけどねぇ」

「なに言ってんの。誰にでも愛想振りまくチャラ男より、ああいうツンデレのほうがかわいいじゃん。わかってないね～」

「えっ、ツンデレ？　アユってツンデレなの？」

　やっぱりいまいちわからないハルカ先輩の意見に、私は首をかしげるばかりだった。

　ツンデレって、たしかに漫画とかではよく見るけど、私的には思いきり優しいほうがいいんだけどなぁ。

　というか、アユがデレたところなんて、まず見たことがないよ。

　好きな子の前では、デレデレだったりするのかな？

　うーん、想像できない……。

　そんな時、入口のドアからうちの学校の制服を着た男子生徒がひとり入ってきた。

　スラッと背の高いその人をよくよく見てみたら、なんとそれは今井先輩で……。

「おつかれーっす」

　彼はそう言って、スタスタとこちらへ歩いてくる。

「う、ウソッ……。先輩、あの人……」

　私が小声でつぶやきながらハルカ先輩の腕を掴むと、先輩はクルッとそちらを振り向いて。

「ん？　あぁ、誰かと思ったら」

　それからなんと、突然今井先輩に向かって大声で話しかけた。

「あっれー、イマジュンじゃん！　なにやってんの、ひとりで」

　……って、もしかして知り合い!?

「おぉ荒木か。俺、今からバイトなんだよね。ここでバイトしてんの」

「マジで？」

　どうやらそのとおり、彼とハルカ先輩は知り合いみたい。

　しかもまさか、今井先輩もこのカフェでバイトしてたなんて。

　やっぱり私、今日ここに来てよかったかも。

「あれ？　一緒にいるその子って……」

　その時ふと、今井先輩が私のほうをじっと見た。

　そしたらハルカ先輩が、すかさず私のことを 紹 介してくれて。

「あ、この子？　うちの手芸部の後輩だよ。かわいいでしょー？」

「わー、やっぱりそうだ！　この前生徒手帳拾ってくれた子。まさか荒木の後輩だったとはな」

「え、会ったことあるの？」

「うん、ちょっとね。かわいかったからバッチリ覚えてるよ。ねぇねぇ、名前なんていうの？」

　……えっ！

　まさかの今井先輩の言葉に、かぁっと顔が熱くなる。

　ど、どうしよう。かわいいなんて言われちゃった!!

　しかも、名前まで聞かれちゃうなんて。

「えっと……み、美優です！　石田美優っていいますっ」

「へー、美優ちゃんかぁ。俺は今井淳一。美優ちゃんは何年生？」

「に、2年です！」

「マジ？　2年なんだ。それだったら、知り合いいっぱい

いるわ～俺」

「そうなんですか……！」

　や、やばい。いきなりこんなふうに先輩と会話できるなんて、ドキドキしすぎて声がいつもより2トーンくらい、高くなってるような気がするよ。

　それに、近くで見るとほんとにまぶしすぎて……。

　ふわっと無造作に整えた茶色い髪、ゆるく着くずした制服。

　フレンドリーだし明るいし、優しそうだし、これは絶対モテるよね。うん、間違いない。

「……お待たせしました」

　──ドンッ！

　その時、突然テーブルの上に、ドリンクが乱暴に置かれた。

「オレンジミルクコーヒーになります……。っつーか先輩、もう6時なんですけど。早く準備してください」

　あからさまに不機嫌オーラを発して、今井先輩をにらみつけるその店員は、誰かと思えばやはりアユで。

　ていうかなによ、今の置き方は。

　ドリンクこぼれちゃうかと思ったよ、まったく。

「あ、マジ？　俺、遅刻？」

「そう遅刻。ナンパしてる場合じゃないんで」

「ははっ。ナンパなんて人聞き悪いなぁ。つーかお前、なんでそんなキレてるんだよ～」

「キレてません」

　しかも先輩に向かって、なんだその態度は！って突っ込みたくなるくらいに、生意気。

　たしかこのふたりは、中学からの知り合いなんだっけ。まさかバイト先も一緒だったなんてね。

　アユと今井先輩って、そんなに仲良かったの？

「そんじゃ俺、着替えてくるわ。またね、美優ちゃん」

「あ、はいっ……！」

　すると、今井先輩は私に向かってニコッと笑いかけたあと、手を振りながら店の奥へ消えていった。

　その笑顔に思わずドキッとしてしまう。

　そんな私に横目で視線を送りながら、なぜか大きなため息をつくアユ。

「……はぁ。だから来るなっつったんだよ」

　えっ？

　今、ボソッと何か言ったような？

　そして、自分も背を向けると、カウンターの奥へと消えていった。

　それにしても、アユったら、なんでそんなにイライラしてるんだろう。

　今井先輩にまであんな態度悪いなんて。

「ふふふ。やだぁ〜、ホントかわいいね、アユくん」

「えっ？」

　だけどそれを見て、なぜかハルカ先輩は笑ってる。

　しかもかわいいとか、よくわからないよ。

　あ、でもそんなことより私、今井先輩に名前を覚えられ

ちゃったんだ。

　そっちのほうが大事件。

「それよりハルカ先輩、どうしよう。憧れの今井先輩に名前を覚えてもらえちゃった……」

「え、イマジュン？　美優ってまさか、イマジュンみたいなのがタイプ？」

「はいっ。だって去年の文化祭、超カッコよかったじゃないですか。めちゃくちゃ歌うまくて、聴き惚れちゃいました」

「あ〜、ミスターコンかなんかに出てたっけ」

　ハルカ先輩はまったく興味なさげだけど、私はうれしくて、つい顔がにやけてしまう。

　だって、今まで憧れの人を遠くから見てることはあっても、こうやって直接話したりとか、お近づきになれることってなかったから。

「今井先輩って、フレンドリーで話しやすい人なんですね。っていうか、ハルカ先輩知り合いだったんですか？　それならそうと早く言ってくれたらよかったのに」

「えっ。知り合いっていうか、同じクラスなだけだよ。イマジュン、イケメンだけど女好きのナルシストだし。だから、あんなかわいいとか真に受けちゃダメ。みんなに言ってるんだから」

　ハルカ先輩はあまり今井先輩のことを良く思ってないのか、否定的。

　そんなふうには見えないんだけどな。

「そうなんですか？　いやでも、私は話せただけで大満足

です」

「ちょっ、本気で言ってんの〜？　やめときなって」

　なんて、なぜかものすごく怪訝な顔をする先輩だったけど、私はべつに気にしていなかった。

　だって、憧れの人と直接話せたっていうだけで胸がいっぱいで。

　アユには怒られちゃったけど、今日はほんとにここに来てよかったなって思う。

　今更だけど、ハルカ先輩には感謝しなきゃね。

「なーに話してんの？」

　すると、その時ふと横から爽やかな声がして。

　ハッとして振り向くと、そこにはまぶしいくらいのオーラを放ったウエイター姿の今井先輩が。

　わあぁ、さっそく着替えてる！

　カッコいい……。

「お待たせしました。こちらが当店自慢の紅茶のシフォンケーキで〜す。ミント抜きって、どっち？」

「はいっ！　私です」

「オッケー」

　今井先輩は左手に２枚持った皿を、そっと１枚ずつテーブルに置いた。

　その仕草までがとてもスマートで、つい見とれてしまう。

　もう、さっきの乱暴なアユとは全然違うなぁ。

　カフェ店員たるもの、こうでなくっちゃ。

　なんて思ってたら、その隣のテーブルに、同じくケーキ

を運んでくるアユの姿が。

「お待たせしました。こちら、セットの紅茶のシフォンケーキになります」

　だけどそれは、先ほど私たちのテーブルに来た時とはまったく違って、とんでもなく爽やかで、別人のようで。

「ご注文は、以上でお揃いですか？」

「「あ、はぁーい！」」

「ごゆっくりどうぞ」

　見たことのないような営業スマイルを浮かべるアユに、びっくりしてしまう。

　案の定、席に座っている女子高生ふたり組は、目がハートになっていた。

　アユが去ったあと、ふたりで大騒ぎ。

「きゃーっ！　今の見た？　あの店員さん超カッコよくない!?」

「やばいね〜!!　ここ通っちゃおうかな」

　す、すごい……。

　アユって本気出したらあんなに爽やかでカッコいいんだ。知らなかった。

　一応ちゃんと接客やってるんだなぁ。

　──トントン。

　そんな時、ふと肩を叩かれて。

　何かと思って振り向いたら、そこにいた今井先輩が突然ポケットから紙を取り出して、私に手渡してきた。

「そうだ、美優ちゃんにはコレ」

「えっ？」

　ドキドキしながら受け取ると、先輩が続けて言う。

「俺の連絡先書いてあるから。あとでメッセージ送ってね」

　う、ウソ！

　連絡先って……本当に!?

「あ……ありがとうございますっ！」

　どうしよう。なにこれ。

　私、夢を見てるとかじゃないよね？

　私が真っ赤な顔で先輩を見上げると、彼は猫みたいな目を細めてニコッと笑う。

　その笑顔に一瞬で射抜かれる私。

　さらに彼は、その手を私の頭の上にポンと乗せたかと思うと、じっと顔を覗き込んできて。

「いえいえ。今度デートしようね、美優ちゃん」

　えぇ〜っ!?

　その瞬間、心臓が爆発するかと思った。いや、した。

　こんな夢みたいなことってあるのかな？

　まさか、憧れの先輩に、デートに誘われる日が来るなんて。

　私はポカンと口を開けて、その場に固まる。

「出たよ、イマジュン必殺が……」

　隣でハルカ先輩が渋い顔して何かをつぶやいていたけれど、よく聞こえない。

　浮かれすぎてフワフワと、このまま空まで飛んでいっちゃいそうな勢いだった。

じゃあ勝手にしろよ

【歩斗side】

「でね、今井先輩が今週の日曜日デートしようって誘ってくれて……」

「ブッ！」

　美優の口から飛び出してきた衝撃発言に、思わず飲んでいたコーヒーを吹き出しそうになる。

「ちょっと歩斗、大丈夫？」

　向かいに座る絵里がすかさず心配してくれたけど、正直全然大丈夫じゃなかった。

　いや、べつにマジで吐いたわけじゃないけど。

　問題なのは、そのデートだ。

　日曜日に、淳先輩とデート？

　なんで急にそんなことになってんだ？

　つい先日美優が俺のバイト先を訪ねてきて、その時淳先輩と連絡先を交換したらしいけど、まさかもうデートの約束を取り付けていたなんて。

　元から先輩が女好きでチャラいのは知ってたけど、展開早すぎだろ。

　クソ。やっぱりバイト先なんか来させるんじゃなかった。

「どうしよう。デートなんて初めてだから緊張するよ〜。何着ていったらいいかな？」

　悩まし気な顔をしながらもうれしそうな美優に、絵里が
突っ込む。
「いや、なんでもいいけど、いきなりデートって大丈夫な
の？　大して親しくもないのに」
「えっ、まぁ、それはそうだけど……」
「いくら憧れの先輩だとはいえ、そんないきなりデートに
誘ってくる男、私だったら警戒しちゃうけどね」
　だけど、本人にはまったく響いていないみたいだった。
「そう？　でも今メッセージのやり取りしてるけど、先輩
すごく優しいし、そんな悪い人じゃないと思うけどなぁ」
　しまいには俺に向かって。
「それに、アユとも仲いいんだもんね？　だから、友達の
友達みたいな感じで、仲良くなれそうな気がする」
　その発言には正直、いろんな意味でムカついた。
　まず、俺と淳先輩が仲いいからって、先輩が美優に手を
出さないとはかぎらないし、そもそも俺のことはただの友
達扱いかよって。
　いつもそう。美優の中でなぜか俺は男としてカウントさ
れていない。
　どれだけ近くにいても、優しくしても、美優にとって俺
はただの男友達のひとりらしい。
　俺の気持ち、全然気づいてねぇし。
　好きなやつがいるって言っても、自分のことだとは思っ
てないらしいし、いつになったら俺のことを男として意識
するんだよって、いつもヤキモキさせられている。

　それに今回のこのデートについては、さすがに黙っていられなかった。

「あのなぁ、美優は知らないかもしんないけど、淳先輩ってすげー女好きで有名なんだぞ。デートとかそれ、遊ばれてるだけだから」

　俺が忠告すると、眉をひそめ、困った顔で答える美優。

「ええっ、そうなの？　でも、もう約束しちゃったし、先輩チケットの予約もしてくれたって言うし」

「はぁ？　どこ行くんだよ」

「映画を観に行くんだよ」

　いつの間にそんなことまで約束してんだよ。

「私も、今井先輩はチャラそうだからやめといたほうがいいと思うけどな〜」

「ちょっ、絵里まで急にどうしたの？　たしかに先輩見た目はちょっとチャラく見えるけど、そんな人じゃないよ」

　何も知らないくせに、そうやって淳先輩をかばうのもまたムカつく。

　俺は中学の時から、あの人が何人も女子をもてあそんで泣かせてんの見てるのに。

　浮かれている美優には何を言ってもダメそうで、イライラして仕方がなかった。

　ったく、なんでもっと男を警戒しないかな。

　俺のことだって、カラオケでふたりきりになろうが、間接キスしようが、なんとも思ってねぇみたいだし。

　よりによって淳先輩みたいなチャラ男と仲良くなると

か。

　マジ最悪だ……。

　どうにかしてそのデート、阻止(そし)できねぇかな。

　その日の放課後、俺がモヤモヤした気分のまま帰りの支度をしていたら、美優が俺の席までやって来て、声をかけてきた。

「ねぇアユ、私明日数学当たるから、宿題一緒にやろう！で、教えて！」

　目の前で両手を合わせながらお願いするその姿がかわいくて、つい表情が緩(ゆる)みそうになるのをこらえながら、冷たく返す。

「やだよ。自分でやれ」

「えぇっ！　そこをなんとかっ。お願い！」

　べつに数学は得意だし教えるのは苦じゃないけど、淳先輩とデートの約束をしたことがどうしてもムカついて、とても今日はそんな気になれなかった。

　こういう時だけ俺のことを頼(たよ)ってくるとこも、なんかムカつくし。

　だけどその時、突然美優のスマホが——ブブブ……と音を立てて。

「あ、メッセージだ」

　美優はすかさずカバンからスマホを取り出すと、画面を確認する。

　そして……。

「ウソッ。今井先輩が【今日一緒に帰れる？】だって！」

　聞いた瞬間、俺は美優の腕をガシッと掴んでいた。

　だって、そんなの行かせられるわけないだろ。

「じゃあ、やっぱ教える」

「えっ？」

「だからその誘い、断れよ」

　俺が眉間にしわを寄せながら言うと、少し困った顔で悩み始める美優。

「いや、でも……」

　だから俺は美優の腕をグイっと引いて顔を近づけると、じっと顔を覗き込んで。

「明日数学で当たるの誰だっけ？　俺の気が変わる前に返事しないと、教えないけど」

　わざとらしく問い詰めたら、美優は慌てたようにすぐ返事をした。

「わ、わかったよっ。お願いしますっ」

「ん。じゃあ図書室行くぞ」

　そのまま美優の腕を引いて、図書室へと歩きだす。

　内心ちょっと強引かなとは思ったけど、手段なんて選んでいられなかった。

　だって、このままだと美優がマジで淳先輩にもてあそばれそうだし。

　あの人はたぶん、気に入った子には手当たり次第声かけてる。だけど、みんな本気じゃない。

　それなのに、美優はそれを全然わかってないから。

　どうにかして気づかせてやりたいけど、美優ってバカだからな……。

　人を疑うことを知らなそうなとこがあるし、マジでどうしたらいいんだ。

「そこはこの公式を使って……」

「あ、そっか！　なるほど」

　静かな図書室で、言われたとおり美優に数学の問題の解き方を教える。

　今日の放課後はあまり図書室の利用者がいなくて、やけに静かだから、まるで貸し切りみたいだ。

　これじゃ、俺と美優ふたりきりみたいなものじゃん。

　美優は問題を解きながら、しきりにスマホを気にしているようだったから、俺はそれにいちいちムッとしていた。

　たぶん、さっき淳先輩の誘いを断ったから、その流れでやり取りしてんだろうけど。

　頼むから俺の前で、ほかの男のこと考えるのやめろよな。

　せっかく人が宿題助けてやってんのに。

「おい、集中しろ」

　手に持ったシャーペンで美優の頭をコツンと叩いたら、美優は「いたっ」と声を上げ、うらめしそうに俺を見上げる。

「ちゃんと集中してるよ！」

「ウソつけ。さっきからスマホばっか気にしてるくせに」

「えっ……。いやべつに、そんなこと……」

　ほら、やっぱ図星って顔してる。

　そんなに淳先輩が気になるのかよ。

「……はぁ。っていうか、マジでこれだけは言わせてもら
うけど、淳先輩はやめとけ。あの人、女グセの悪さハンパ
ねぇし」

　俺が念を押すように言うと、美優は不服そうに眉をひそ
めて。

「もう、まだ言ってるの？　アユったら、先輩のことそん
なふうに言っちゃダメだよ。仲いいんじゃないの？」

「いや、仲いいし、よく知ってるから忠告してんだろ。ふ
たりきりで出かけるとか、何されるかわかんねぇぞ」

「えぇっ、先輩はそんなひどい人じゃないと思うけど……。
それに何されるかわかんないって、一体どんなことされる
と思ってるの？」

　さらにはものすごくバカな質問をしてきたので、心底呆
れてしまった。

　すかさず美優の両腕をギュッと掴んで立ち上がると、彼
女を背後にある壁にドンと押し付ける。

「ひゃっ……！」

　そして、壁際に追い詰めた美優に思いきり顔を近づけて。

「お前さ、マジでバカなの？」

「ちょっ……あ、アユ？」

「そんなに知りたいなら、教えてやろっか」

「えっ……」

　そのままわざとらしく、彼女の首元に顔をうずめる俺。

　唇が鎖骨に触れた瞬間、ふわっと美優の甘い匂いがして、理性が危うくどこかへ飛びそうになる。

「……っ、やっ」

　美優はそこでビクッと体を震わせたかと思うと、グイッと俺の胸を押しのけ、それから大声をあげた。

「ちょ、ちょっとアユ、何やってんの!?」

　珍しくうろたえまくっている彼女。

　俺がそこでそっと顔を上げ、美優の表情を確認したら、なぜか顔を真っ赤にしていて。

　それを見たらなんだかちょっとだけ、優越感のような気持ちがわいてきた。

　なんだ、美優も俺に照れたりするんじゃんって。

　全然意識してくれないとばかり思ってたけど。

「だから、こういうことされたくなかったら、やめとけって言ってんじゃん」

「なっ……。それはアユの考えすぎでしょっ。ほんともう、びっくりするからやめてってば」

「じゃあデート行くのやめろよ」

「それは無理だよっ。もう約束しちゃったもん」

　でも結局、淳先輩との約束を断る気はまったくないらしい。

　なんでわかんないかな?

「そんなに行きたいのかよ」

「そ……それはまぁ、うん……」

「はぁっ?」

　しまいにはそんなふうに言いだしたので、俺はますます
イライラしてきた。
　なんだよ、結局楽しみにしてるんじゃねーかよ。
　バカみたいに浮かれやがって、ほんとムカつく。
「あっそ。じゃあもう知らね。勝手にしろよ。どうなって
も知らーからな」
「ちょっ、なんでそんなに怒ってるの？　アユには関係な
いじゃん！」
「関係あんだよ」
「な、なんでよっ」
　マジでもう、何されても知らーからな。
　だけど、そんなふうに吐き捨てたあとで、やっぱり美優
のことが心配でたまらない自分がそこにいて。
　今回ばかりは淳先輩のことを、心底呪いたい気持ちに
なった。

そういうつもりで来たんじゃないの？

『えーっ！　じゃあ明日、その先輩とデートするの？　どんな人？』

「えっとね、歌がうまくて、背が高くて……とにかくイケメンなんだ」

『すごいじゃん、美優！』

「ふふふ」

　眠れない夜。私は興奮がおさまらなくて、スマホ片手におしゃべり中。

　相手は同い年の従姉妹の倉田真由香。

　うちのお母さんの姉の娘で、姉妹みたいに仲がいいんだ。

　シマシマのことを最初私に教えてくれたのも真由香だし、中学に入ってからはあまり会えなくなったけど、彼女とは今でもよく電話したり、メッセージのやり取りをしてる。

「真由香は彼氏と順調？」

『うん、まあね』

　そんな真由香は絵に描いたような美少女で、昔からすごくモテるから、私と違ってすでにもう彼氏がいるらしい。

　昔からよく、好きな人の話で一緒に盛り上がったりして。

　どちらかといえば、私が真由香の恋バナを聞くことが多かったけど、今ではこうして自分の恋バナもできるように

なったから、すごくうれしい。

　悩みごとだって、お互いなんでも話すし。

「でもさぁ、アユはその先輩のことやめとけっていうんだよね。チャラいからって。それで私が言い返したらケンカみたいになっちゃって」

『アユくんって、例の男友達の？』

「うん」

『それって、ヤキモチ妬いてるんじゃないの？』

「ええっ、アユが!?　いやいや、ありえないよ！」

　真由香には、アユのこともたまに話したりしてる。

　もちろん写真を見せたりしたことはないんだけど、顔はイケメンだって言ったら、絵里たちみたく『その人にすれば〜』なんて言われちゃって。

　今だってヤキモチだとか言われるし、まさかそんなことあるわけがないのにね。

　それに、アユにはちゃんと好きな子がいるから。

『わかんないよ〜？　美優のこと取られたくないから、行かせたくないのかも』

「まさか！」

『だって先輩、いい人なんでしょ？』

「もちろん、いい人だよ？　見た目がチャラくないかって言ったら、それは否定できないけど……性格はいい人！」

『なら大丈夫じゃない？　きっとそのアユくんのはヤキモチだから、気にしなくていいって』

「そ、そうかなぁ……」

　まぁ、ヤキモチかどうかは別として、先輩はアユたちが言うような悪い人ではないはずだよね。

「なんか元気出た。明日楽しんでくるねっ。ありがと真由香」

『いえいえ。それじゃ、どうだったかまた聞かせてね』

「うん、また電話する！」

『楽しみにしてる〜』

　真由香も応援してくれてる。そう思ったら少し勇気づけられる。

　いろいろ考えてなかなか眠れなかったけど、真由香に話したら少し気持ちが落ち着いて。

　電話を切ったあとは、そのまますぐ眠りについた。

　明日のデート、うまくいきますように。

　楽しみだなぁ……。

　そして迎えた翌日。

　──ジリリリリ！

　目覚ましの音で、勢いよく飛びおきる。

　朝は弱くて寝坊しがちな私も、今日だけは寝覚めがよかった。

　だって、待ちに待った今井先輩とのデートの日だから。

　服装だっていつも以上に気合いを入れたし、普段はあまりしないメイクだって今日はきちんとして、先輩に少しでもかわいいって思ってもらいたい。

　そして少しでも距離を縮められたら……なんて思ってる。

私ったら期待しすぎかな？

でも、初めてのデートだと思うと、やっぱりワクワクしちゃうよね。

ちなみにアユとは先日くだらないやり取りからケンカみたくなってしまって、帰りも一緒に帰ったんだけど、微妙（びみょう）な雰囲気になってしまった。

アユがすごく怒ってるみたいだったから、私も大人げなく意地を張ってしまって。

心配してくれてるのはわかるけど、そこまで今井先輩を警戒したり、怒らなくてもいいと思うんだけどな。

アユと気まずいままでいると、なんだかすごく変な感じだし、モヤモヤしてしまう自分がいる。

自然に仲直りできたらいいんだけど……。

でも、きっとアユのことだから、またすぐ機嫌が直るだろうし、とりあえず今日はデートを楽しむことだけ考えよう。うん。

待ち合わせ場所に着くと、先輩の姿は見当たらなくて、あたりをキョロキョロ見回しながら探した。

今ちょうど、約束の５分前。

まだかな。そろそろかな……。

だけど、約束の時間になっても、先輩は来なくて。

これはもしかして、ドタキャン……なわけないよね。

いやいや、遅れることなんてよくあるし、きっと大丈夫。

「だーれだっ！」

「……ひゃっ！」

　その時背後から、誰かに突然手で目隠しされた。

　だけどその声は、聞き覚えのある声で。

「い……今井先輩？」

「せいかーい！　あはは！　美優ちゃんのそのリアクション、超かわいい」

　ドキドキしながら目隠しを外してうしろを振り返ると、そこにはあの憧れの今井先輩が立っていた。

　しかも、雑誌から飛び出してきたような超おしゃれな私服姿で。

　わぁぁ、やっぱりカッコいい……。

「ごめんごめん、ちょっとギリギリになっちゃって。待っただろ？　悪いな。お詫びにケーキおごるから」

　しかも、さっそく先輩おすすめのカフェへ連れていってもらえることに。

　正直私はめちゃくちゃ緊張してて、会ったら何を話そうなんて思ってたのに、先輩は全然気を使わせない感じで。

　向こうからどんどん話しかけてくれるし、なんでも笑って聞いてくれる。

　みんなはいろいろ先輩のことを悪く言ってたけど、やっぱりすごく優しいし、いい人だと思うんだけどな。

　こういう人と付き合えたら、毎日きっと楽しいんだろうなぁ、なんて。

　今までは見てるだけだったけど、こうして直接関わってみると、ますます魅力的に感じてしまう自分がいた。

　カフェで軽くおしゃべりをしたあとは、約束の映画を観にいった。

　先輩おすすめのカフェのケーキは本当においしかったし、映画もすごくおもしろくて。

　楽しさのあまり、時間が過ぎるのがあっという間に感じてしまった。

　なんだろう。先輩が年上だからかな?

　リードしてくれる男の人って感じがして、すごくドキドキしちゃう。

　今井先輩は私のことをどう思ってるんだろう?

「美優ちゃんは洋画派?　邦画派?」

「えっと、私はどちらかっていうと洋画が好きで……。友達はみんな邦画をよく見るみたいだけど、けっこう洋画のアクション系とか好きなんですよね」

「マジで?　俺もアクションとか超好き。やっぱ洋画のほうがスケールでかいよね。美優ちゃんとは趣味が合うな〜」

　わぁ、どうしよう。趣味が合うなんて言われたら、うれしくてさらに舞い上がっちゃうよ。

　メッセージで会話してる時もそうだったけど、今井先輩とは気が合うような気がする。

　私が好きなものを先輩も好きだったりすることが多くて。

　こんなふうに気が合うのって、男の子だとアユ以来かも。

　でも、先輩はもっと優しいし、穏やかだし、大人だし。

　それに、さっきからうれしいことばかり言ってくれる。

　私の私服だって褒めてくれたし、メイクにも気づいてくれたし。

　そういうのひとつひとつにキュンとしてしまう自分がいて、もしかしてこれが恋なのかな……。

「そういえばアユもアクション映画が好きで、この前すごいマイナーな『カンフーアニマル』っていう映画をすすめられて見たんですけど、それもすっごくおもしろかったです」

「へぇー、そうなんだ」

「アユってああ見えて動物とかかわいいもの好きで、動物の動画とかも見てたりするんですよ」

　なんて、思わずアユの話を振ったら、先輩は何を思ったのか私の顔をじっと見て。

「美優ちゃんはさ、歩斗と仲いいの？」

　いきなりそんなふうに聞いてきたので、またしてもアユとちょっと、今気まずくなっていることを思い出してしまった。

「えっ？　ま、まぁ……。お互い音楽の趣味とか合って仲はいいけど、よくケンカもしますよ。今もちょっとケンカ中みたいな感じで……」

「へぇー、ケンカ中かぁ。でも意外だな、歩斗が女子と仲良くするなんて。あいつってすげークールじゃん？　生意気だし」

「あはは、そうですよね」

「そのくせ高校でもモテてるらしいじゃん」

　それを聞いてふと思った。

　そうか。今井先輩はアユと同中……ということは、中学時代のアユを知ってるんだ。

　中学の時のアユって、どんな感じだったんだろう?

「アユって、中学でもモテてたんですか?」

「うん。すげーモテてたよ。あいつイケメンで頭もよくて、スポーツもできて、なにげ完璧じゃん?　でもなんか意外とマジメなんだよな〜。美優ちゃんは歩斗のこと好きじゃないの?」

「……へっ?」

　思わぬことを聞かれてドキッとしてしまう。

　好きって、私がアユのことを?

　どうしてそんな話になるんだろう。

「そ、そんなわけないじゃないですか……!　アユとはただの友達ですよ。お互いに」

　焦って思いきり否定する私。

　だって、先輩に変な誤解されたら困るし……。

「それに、アユには好きな子がいるみたいなんで」

「え、そうなの?」

「はい。まぁ私も、アユってモテるのに、どうしていまだに彼女がいないのかは不思議なんですけど。中学の時はいたんですか?」

　ついでに話の流れでアユの彼女について聞いてみる。

　アユはあんまり自分からそういう話をしないから、ちょっと気になって。

　アユに元カノとかがいたのなら、どんな子か見てみたいし、好きな人のヒントになるかもしれないし。

　だって、いまだに誰なのか教えてくれないんだもん。

　どんな子が好みなのかくらい知りたいんだけどな。

　すると今井先輩は、片手をぶんぶんと横に振って。

「いや、それがいないんだよなー。告白とか全部断ってたし。なんなんだろうな、あいつ」

「えーっ！　そうなんですか。意外……」

「あれだな。たぶん、理想が高すぎるんじゃね？」

　先輩にそう言われて、なるほどと思いつつも、じゃあそのお眼鏡にかなった好きな子って一体どれだけかわいいんだろう、なんて思ってしまった。

　ますますどんな子なのか気になるよ……。

「いやーでも、美優ちゃんが歩斗を好きじゃないなら、よかったよ。せっかくこんな気が合う子に出会えたのに、歩斗にとられちゃ困るからさ」

　……えっ。

　ちょっと待って。今、なんて？

「美優ちゃんとは、ホントに一緒にいて楽しいよ。俺、こんなの久しぶりかも」

　まさかの先輩の発言に、ドキンと飛び跳ねる心臓。

　ど、どうしよう。そんなこと言われたら私、勘違いしちゃいそうなんだけど……。

　──ポツッ。

　すると、その時突然頬が何かで濡れたような気がして。

　ハッとして空を見上げると、なんと急に雨が降りだしたみたいだった。

「あ、雨だ」

「ほんとだっ。予報では降るって言ってなかったのに」

　しかも、小雨かと思ったら、どんどん強くなってきて。

「うわぁ、やばいなこれ。どっか雨宿りしたほうがよさそう」

「たしかに……っ」

　すると今井先輩はそこで何を思ったのか、「あっ」と何かひらめいたような声を上げて。

「そうだ。ここから俺ん家近いし、寄ってかない？　ほら、美優ちゃん髪濡れちゃってるし、風邪ひくから」

「えっ……」

　ウソッ。今から今井先輩の家に？

　ま、待って。それはだいぶハードルが！

「ほら、行こう」

　すると先輩は私の手をギュッと掴むと、そのまま早足で歩きだしたので、私は内心戸惑いながらもついていくことにした。

　どうしよう。まさかこんな展開になるなんて……。

　家にお邪魔するとか、めちゃくちゃ緊張するよ〜！

「適当にそのへん座ってね」

　部屋に着くと、今井先輩は私にタオルを貸してくれたあ

と、飲みものを取りに行ってくれた。

　私はドキドキしながらベッドの上に座り、濡れた髪を拭く。

　ここが、今井先輩の部屋……。

　見渡すと、所々にアニメのグッズが並べられていたり、音楽制作などに使われそうな機材があったりとか。

　先輩のプライベートが垣間見える部屋に、私は興味津々で目を凝らしていた。

　先輩がいつも過ごしてる場所に自分がいるなんて、変な感じだな……。

「お待たせ」

　戻ってくると先輩はテーブルに飲みものを置き、それからあたり前のように私の隣に腰かけた。

　部屋でふたりきりというシチュエーションに、ますます緊張して体がこわばる。

「実は俺、歌の動画投稿しててさ。最近は自分で曲作ったりもしてるんだよね」

「えっ、そうなんですか……！　すごいっ。だからあんなに歌がうまいんですね」

「あれ、美優ちゃん俺の歌聞いたことあるんだっけ？」

「はいっ。去年の文化祭で」

　すると先輩はそこでスマホを手に取ると、その歌の投稿動画を見せてくれた。

「じゃあこれ、最近投稿したやつ」

「うわぁ……」

　久しぶりの先輩の歌声はやっぱりとっても素敵で、思わずじっくり聴き入ってしまった。

　歌ってる先輩って、ほんとにカッコいいなぁ……。

「どう？　ちょっと恥ずかしいんだけど、美優ちゃんに聞かせたくて」

　そう言いながら、私にピタッと肩を寄せ、近づいてくる先輩。

　たまたまかもしれないけれど、すごい密着してるような。

　私は動画よりそっちに意識がいきそうだったけど、ちゃんと感想を言わなくちゃと思って答えた。

「す、すごくカッコいいです……。先輩の歌声、ほんとにきれいだし、曲も素敵ですっ」

「マジで？　うれしいな」

　ニコッとうれしそうに笑いながら、今度は私の頭を撫でてくる先輩。

　うぅ、そんなことされたら、ますますドキドキするよ。

　なんか先輩、急にスキンシップが増えた？　気のせいかな？

　そのまましばらく一緒に動画を見たり、先輩が好きな音楽について語ったりするのを、ずっと聞いていた。

　だけど先輩はなぜか私にたくさん触れてくるので、私はどうしていいかわからなくて、戸惑う気持ちでいっぱいで。

　なんだろう。さっき外にいた時はそんなことなかったのに。

　こういうこと、誰にでもするのかな？

　それにしても、距離が近すぎて落ち着かない……。

　するとその時。

「みーゆちゃん」

　先輩が、私の髪をそっとすくい上げた。

　ドキッと心臓が跳ね上がる。

「美優ちゃんってさぁ、きれいな髪してるよね」

　そう言って、すくった髪を自分の顔に近づける彼。

「いい匂いする」

　わあぁ、なんかなんか……。

　こんなの、どういう反応したらいいんだろう！

「そ、そんなことないです……っ」

　私が恥ずかしさのあまりうつむくと、さらに顔を近づけてくる先輩。

「あれー？　もしかして照れてるの？　かわいいね」

　そう言いながら、なぜか私の肩に手を回してきて。

「そういう反応、すげぇそそるわ」

　耳元でささやく声は、さっきとは別人だった。

　ちょ、ちょっと待って……。

　なんか先輩、キャラ変わってない？

　心臓がバクバクいって、身動きが取れなくなる私。

　なにせこういうシチュエーションは初めてだし、男の人に触れられること自体慣れてないものだから、本当にどうしていいかわからなくて、軽くパニック。

　だけど先輩は、そのまま離れる気配などなく、次は私の首筋を指でスーッとなぞって。

「……っ」

　私がビクッと肩を揺らしたら、彼は妖艶な瞳でこちらをじっと見つめながら問いかけてきた。

「ねぇ、美優ちゃんって、俺のこと好きなんでしょ？」

　……えっ？

　やだ。先輩ったら、一体どうしちゃったんだろう？

　なんか急にめちゃくちゃ積極的っていうか……。

　いくら憧れの人が相手でも、こんな急にベタベタされたらちょっと嫌悪感を感じてしまう。

　そして今さらのように、絵里やアユに言われたことを思い出して。

『何されるかわかんねぇぞ』

　その言葉がパッと脳裏に浮かんだ。

　ど、どうしよう。

　もしかして、やっぱりアユの言うとおりだったのかな？

「え……えっと、あの……っ」

　なんて返事をしたらいいのかわからない。

　たしかに先輩に憧れていたことは間違いないけれど、こういうのは、なんか違うような……。

　さっきまであんなに爽やかで、優しいオーラに包まれていた彼が、すごくいやらしい目をしているように見える。

　身の危険を感じた私がうつむいていたら、先輩は横からじっと顔を覗き込んできたかと思うと、

「どうしたの？　急におとなしくなって。あ、まさか緊張してる？　大丈夫だよ。やさしくするから」

「えっ!?」

　やさしくするって一体なにを……と、思った時にはもう遅かった。

　突然ギュッと両手首を掴まれ、ベッドに思いきり押したおされる。

「……きゃっ!!」

　そして、額がぶつかりそうなくらいの距離まで顔が近づいてきて。

「ふふ。なにそんな驚いた顔してるの？　そういうつもりで来たんじゃないの？」

「……っ」

　その言葉で、今さらのように自分のバカさを思い知った。

　あぁ私、なにやってるんだろう。

　あんなにみんなが先輩のことをチャラいとか女グセが悪いって言ってたのに、まったく信じようとしないで、そのうえこんなふうに、先輩の部屋にまであがりこんじゃって。

　少しくらい、疑ってみればよかったのに。

「い、や……っ」

　声にならない声をあげ、必死で抵抗してはみたものの、力じゃ全然かなわなかった。

　先輩は手首をしっかり押さえて、そのまま無理やりキスを迫る。

　私は必死で顔をそむける。

「おいおい〜、キスくらいいいだろ？　つれないなぁ、美優ちゃんは」

「や、やだっ。ダメです……！」

　怖くて今にも泣きだしそうだった。

　体が震えて力が入らない。

　キスくらいいいだろ？　なんて、キスも経験のない私にとっては一大事なのに。

　そんなセリフを吐ける先輩は、よほどキスに慣れてるんだろう。

　きっといろんな子にこういうことしてるんだ。女好きって噂のとおり。

　私が必死でキスを拒んでいたら、今度は先輩の唇が首筋へと降りてきた。

　そして。

「んっ」

　次の瞬間鈍い痛みが走り、思わず声が漏れる。

　同時に目にじわじわと涙がにじんできて、今さらのように後悔の念でいっぱいになった。

　なにこれ。まさか、今井先輩がこんな人だったなんて。

　さっきのうれしいセリフも全部、こういうことをするためだったのかな……。

　そう思ったら、本当に悲しい。悔しい。

　それを真に受けて浮かれていた私って、どれだけバカなんだろう。

　先輩は私をしっかりと押さえつけたまま、今度は服の中に手を入れてくる。

　そしてその手は、あっというまに胸まで伸びてきて。

「い、嫌っ！　やだっ！　やめてっ……」

　いやらしい手つきに、鳥肌が立ちそうだった。

　必死で抵抗しようとする私に、先輩が言う。

「あーもう、そんなに暴れんなよ。部屋に来たってことはさぁ、ＯＫってことなんじゃないの？　俺のこと好きなんだったら、もっと喜んで応じてくんないと」

　そう言われた瞬間ゾッとして、心底先輩のことが怖くなった。

　やっぱりこの人は、完全に遊び人なんだ。

　いつもこうやって女の子を連れ込んでるんだ。

　そして私のことも、そういう軽い子だと思ってるんだ。

　ダメだ。このままじゃ本当に、私……。

「は、離してっ!!」

　──ドンッ!!

　その瞬間私は、全身の力を振り絞って、先輩のお腹を片足で蹴飛ばした。

「うぉっ!!　いってぇ！　なにすんだよっ」

　蹴られた先輩は痛みに顔を歪めて、お腹を抱え込む。

　だけどそこで、押さえつけられてた手が外れて自由になったので、私は慌てて起き上がり、ベッドから離れた。

　そして置いてあった荷物を抱えると、すぐさま部屋から逃げるように去っていく。

「……っ、おいっ！　待てよ!!」

　先輩の声が聞こえるのなんてムシして、そのまま家を出ると、とにかく必死で走り続けた。

　幸い雨はいつの間にか止んでいて、あたりはもう暗くなりかけている。

　しばらく走ると、近くに小さな公園を見つけたので、そこのベンチにようやく腰をおろした。

「……っ、はぁ、はぁ……」

　ドクドクと、いまだに心臓の音が鳴りやまない。

　こわくてまだ体が震えてる。

　悲しくて、みじめで、バカな自分が心底情けなくて。

　気がついたら、涙が次から次へとあふれてきた。

「う……ひっくっ。うぅ……っ」

　そして、カバンからスマホを取り出すと、助けを求めるように絵里に電話をかける。

　絵里、お願いだから、出て……！

『……もしもし』

「絵里っ！」

『美優、どうしたの急に。あんた先輩とデートは？　もう終わったの？　どうだっ……』

「わ～ん!!　絵里～!!」

　私は絵里の声を聞いたらなんだか安心して、思わず大声で泣きだしてしまった。

『ちょっ、どうしたのよ!?　何かあった!?』

　絵里は驚いて、慌てたように聞き返してくる。

　私はもう今すぐにでも絵里に会って、すべてを話したい気分だった。

「あのね……。先輩に、襲われそうになった……っ」

『はぁっ!?　ウソでしょ!?』

「胸触られた……。バカだよね、私。絵里たちが言うとおりだったのに……」

『え、待って、胸触られたってマジ!?　大丈夫なの!?』

『ちょっと貸せッ!!』

　……えっ?

　その時、電話の奥からなぜかアユの声がして。

『おい美優!!　お前大丈夫か!?　今どこにいんだよ!!』

　その声は、聞いてるこちらがびっくりするくらい慌てていて、いつものアユからは想像がつかないものだった。

　しかも私は、状況がよくつかめない。

　なんでアユが電話に出るの?

　もしかして、絵里と一緒にいたのかな?

「え、アユ?　なんでそこにいるの?」

　私は不思議に思って聞いてみる。

　すると、アユは怒鳴りつけるように。

『うるせぇ!　今それどころじゃねーだろ!!　質問に答えろ!　どこにいんだよ!?』

　えぇっ?　なんかめちゃくちゃ怒ってる。どうしよう。

「えっと、公園に……。駅の近くの、なんとか台公園」

『わかった。いいか?　そこ動くなよ!　じっとしてろ!!』

　──プッ。ツーツーツー……。

　そして、そのまま電話は切れてしまった。

　ウソ……。なに今の。

　私、絵里に電話したはずなんだけどな。

びっくりした。まさかアユが電話に出るなんて。
もしかしてアユ、今からここへ来てくれるのかな？
それにしても、すごく焦ってた。
あんなに必死なアユの声、初めて聞いたよ……。

べつにお前のためじゃねぇし

　しばらく私は公園のベンチに座って、アユに言われたとおり、じっと待っていた。

　日も暮れて、あたりにはほとんど人がいない。

　ぼーっとしてたら今日のことをいろいろ思い出して、また悲しくなってくる。

　デート、最初は楽しかったんだけどな……。

　せめて先輩の部屋に行かなければ。

　ううん、そうでなくても先輩は、最初からそういうことが目当てだったのかも。

　どちらにしろ、先輩とはもう顔を合わせたくない。

　幸いなんとか逃げられたし、まだファーストキスを奪われなかっただけよかったのかもしれないけど、ショックで心がついていかない。

　優しかった先輩。憧れていた先輩。

　こんなことになるなら、憧れのままでいればよかったのかな。

　なんだか自分が本当に情けなくて、嫌になってくる。

　そもそもよく考えたら、あんなイケメンでモテる先輩が、ちょっと話したくらいの私を本気で好きになるわけがないのに。

　たまたまデートに誘われたからって、浮かれすぎもいいとこだよね。

　そのうえ、ああいうことに平気で応じる子だと思われて
たなんて、本当に最悪だよ……。
「もう、なんで……」
　蹴った砂の上に、ポタリと落ちる涙。
　今日のためにおろしてきたサンダルも、もう砂まみれだ。
　浮かれてたぶんだけダメージは大きくて、しばらく立ち
直れそうになかった。
「ぐすん……っ」
　──ザザッ。
　するとその時、勢いよく誰かが走ってくる足音がした。
　そして。
「美優っ!!」
　大声で名前を呼ばれて。
　……えっ?
　驚いてベンチから立ち上がり、公園の入口に目をやると、
そこにはなんと、息を切らしながら立っているアユの姿が
あった。
「あ、アユ!」
　ほんとに来てくれたんだ。
「……っ、はぁ……。おい美優っ、大丈夫か!?」
　アユはすぐさま私の元へと駆けよると、ガシッと私の両
腕を掴む。
　そして、キッと大きく目を見開いて。
「淳先輩に何されたんだよっ!!」
「……っ」

　そのあまりの気迫に圧倒され、一瞬言葉を失ってしまった。

　アユの表情はすごく真剣で、よほど急いで走ってきたのか汗だくだし。

　普段あまり熱くなることのない彼がめずらしく取り乱しているのが、私的にはすごく驚きだった。

　だけど、なんだろう。

　不思議なことにアユの顔を見たら、ものすごくホッとして泣きそうになる。

　いや、元から泣いてたけど、もっとこみ上げてくるものがあって。

　思わず彼の胸に、コツンと額をぶつける。

「うぅっ、アユ……っ」

　するとアユは、そんな私を両腕で受けとめて、ギュッと強く抱きしめてくれた。

　私も彼の背中にしっかりと手を回す。

　アユの背中は思ったよりも広く、細いわりにたくましくて。

　あらためて私は、アユが男だってことを意識した。

　だけど、ドキドキするというよりは、安心する。

　ほんのりとアユの匂いがして。

　それがなんだか妙に落ち着いて、心地よかった。

　不思議……。

　アユはまだ少し息を切らしながらつぶやく。

「……バカ。だから言ったじゃねーかよ」

　本当にそのとおりで、返す言葉がない。

「……っ、ごめんなさい……」

　だけどその瞬間、ふと思い出した。

　あれ？

　よく考えたら私、アユとケンカしてなかったっけ？

　それなのに、アユはこうやって汗だくになりながらもわ
ざわざ駆けつけてくれて。

　そう思ったら、ますます胸の奥が熱くなった。

　アユってやっぱり優しいんだ。

　あんなに怒ってたのに、結局はすごく心配してくれてる
し。

　それなのに私は、本当にバカだなぁ。

　思わず抱きついた腕に、ギュッと力をこめる。

　アユの優しさが今さらのように身に染みて、また涙があ
ふれてきて。

　アユはそのまま無言で、しばらくずっと抱きしめてくれ
ていた。

　人けのない公園で、静かに抱き合っていた私たち。

　すると、急にボソッとアユが、小さな声で尋ねてきた。

「……とりあえず、一応無事だったんだよな？」

　そう言って、顔を上げるアユ。

「えっ？」

　私も同時にアユを見上げる。

「ぶ、無事っていうのは……」

「……っ。だから、淳先輩と変なことしてないよなって聞

いてんだよ」

　へ、変なこと!?

　まさかの質問にびっくりした。

　どうしよう。アユにこんな話をされるなんて思ってもみなかったから、なんだか恥ずかしいよ。

　でも、誤解はといておかなくちゃ。

「しっ、してないよ!!　危なかったけど、逃げたもん。キスされそうになって焦ったけど……全力で拒否したから!!」

　ドヤ顔でそう言うと、なぜかアユは力が抜けたみたいにフニャッとなって、ため息をついた。

　そして、私の肩にもたれかかって、

「……よかった」

　あまりにもホッとしたように言うものだから、思わず顔がほころんだ。

　アユったら、まるで保護者のように心配してくれてる。

　うれしいな。

　だけど、ホッとしたように見えたのもつかの間、彼は顔を上げると、次の瞬間何かを目にして急に固まった。

「おい……。お前それ、まさか……」

　そう言って、私の首元を指差すアユ。

「これ、なんだよ。淳先輩につけられたのかよ」

「えっ?」

　だけど、なんのことを言われているのかわからない。

　ただ、一瞬にしてアユの表情がものすごく険しくなった

のだけはわかった。

「な、なに？　なんかついてる？」

「ウソだろ。身に覚えねぇの？」

「えっ、だからなんのこと……」

　するとアユは、突然着ていたシャツをサッと脱ぐと、私の肩にかけ、袖をマントのように縛って。

「わぁっ」

「……はぁ、ありえねぇ。あいつマジ、絶対許さねぇ」

　えっ？

　その様子はなんだかものすごく怒っているように見えたけれど、私にはなんのことだかいまいちよくわからなかった。

　だってアユ、はっきり教えてくれないし。

　なんなんだろう。めちゃくちゃ気になるよ。

　するとその時、また向こうからバタバタと誰かが駆けつけてきて。

「美優っ!!　ちょっと、大丈夫なの!?」

「あー、やっと追いついた！」

　誰かと思えばなんと、絵里と政輝だった。

「あ、絵里っ！　政輝までっ」

「もう、心配したよ！　やっぱり今井先輩、キケンだったじゃん！」

「ご、ごめん……」

「バカぁ～」

　絵里はそう言いながらも、私に抱きついてくる。

　私はもう涙こそ出なかったけど、やっぱりすごく安心した。

　絵里たちも心配して来てくれたんだ。優しいな。

「ありがとう、みんな。なんか心配かけてごめんね。てか、みんなの忠告聞かなくてごめんなさい……」

　絵里たちの顔を見たらますますホッとして、気持ちが和らぐ。

　あんな最悪なことがあったあとだけど、こうして駆けつけてくれる人がいるんだから、私は幸せ者なのかもしれないと思った。

「あ……でも、なんでさっきアユが電話に出たの？」

「あーそれは、こいつが勝手に絵里のスマホを奪ってだな。美優のことが心配で心配で」

「……っ、うるせぇ政輝。黙れ」

「みんなで一緒に政輝の家で宿題やってたんだよ。美優今ごろどうしてるかなーなんて言いながらね。そしたら泣きながら電話かけてくるから、もうびっくりして」

　そうだったんだ。

　だからみんなで来てくれたんだね。

「でもまぁ、とりあえず無事でよかった。これからはもう男の人に誘われても簡単にOKしちゃダメだよ？」

「そうそう。つーか、初デートでいきなり家に行くのはまずいだろ～」

　絵里と政輝に言われて、あらためて不用心だった自分を反省する。

「そ、そうだよね。今度から気をつけます……」

「じゃあ、とりあえず詳しい話は政輝の家で！　行こう、美優」

「うん」

　そして、絵里の呼びかけで、これからみんなで政輝の家まで行くことになった。

　すると、歩きながら絵里が私に話しかけてきて。

「ところで、さっきからずっと気になってたんだけど」

「ん？」

　気になってたって、何が？

「その首の跡、それってまさか、キスマーク？」

「えっ!?」

　き、キスマーク!?　ウソでしょ……。

「……で、わざとらしく首に絆創膏なんかつけてるわけね」

「うぅ、そうなんです……」

　翌日の昼休み。中庭のベンチでハルカ先輩に昨日の出来事を話した。

　ハルカ先輩は半分呆れながらも、やっぱりねって顔をしてる。

「はぁー、だから言ったのに。イマジュンはねぇ、べつに悪いやつじゃないんだけど、とにかく女グセがわるくて有名なんだよ。話がうまいから騙されちゃう子多いみたいだけど、まさか美優も騙されちゃうなんてね」

「も、もう言わないでください……」

「まぁ、いい勉強になったんじゃん？　これを機に私はア
ユくんにすることをオススメするわ。心配してすぐに駆け
つけてくれたんでしょ？　超カッコいいじゃん」

　だけどそんなことを言われても、今はショックすぎて何
も考えたくなかった。

　昨日はあのあと政輝の家でキスマークのことで大騒ぎし
て、みんなにいろいろ問い詰められて半泣きだったし。

　アユはなぜかずっと怒ってて、ほとんどしゃべらないし。

　そのうえ帰ったらまさかの今井先輩から、何ごともな
かったかのようなメッセージが来るしで。

　もちろん、返事なんてしなかったけどね。

　今日は朝からずっとなにもやる気が起きなくて、失恋と
はまた違うけれど、それくらいショックだった。

　つい先日までは自分も恋をしたいっていう気持ちでいっ
ぱいだったのに、今は今井先輩のせいで男の人が信じられ
なくなりそうな勢いだし。

　私の見る目がなかっただけなのかもしれないけど、しば
らく引きずりそうだよ……。

　すると、ハルカ先輩が続けて口を開く。

「でもアユくん、イマジュンと仲良かったんでしょ？
今回の件でギクシャクしちゃったりしないのかなー？」

「えっ？」

　その言葉に、少しドキッとしてしまった。

　たしかにアユと今井先輩は仲がいいみたいだけど。

　私のことでふたりがギクシャクするなんて、それは

ちょっと考えづらいよね。

　べつに本人たちはケンカもなにもしていないのに。

「いや、まさか……。それは関係ないんじゃないですか？」

「そうかなぁ。私がアユくんの立場だったら、イマジュンにキレると思うけどね」

「やだ、そんなことあるわけ……」

　──きゃぁぁぁっ!!!!

　その時だ。

　中庭の少し離れた場所から、女子数人の悲鳴のような叫び声と、どよめきが聞こえてきた。

　今の、なんだろう？　すごい声がしたけど……。

「なになに、どうしたの!?　なんか今、すごい悲鳴聞こえなかった？」

「で、ですよね？　なんだろう」

　すると、さらに誰かが大声で叫ぶ。

「キャーッ！　今井くんが２年生に殴られたぁっ!!」

　い、今井くん!?

　偶然とはいえタイムリーなその名前に、私とハルカ先輩はふたりで顔を見あわせた。

　しかも今、“２年生に”って言ったよね？

　２年生ってことは……うちの学年？

「ちょっと、行くよ美優！」

　すかさず私の腕を引っぱって、駆け出すハルカ先輩に連れられ、私も現場へと走る。

　なんだかわけもなく不安で、落ち着かなくて。

　まさか、まさかね……。そんなわけないよね。

　だけど、その不安は見事に的中してしまった。

　野次馬をかき分けて近くまで行くと、片手で頬を抑えながら倒れている今井先輩の姿があって。

　思わずドクンと心臓が音を立てる、

　そして、その前に立っていたのはなんと……。

「う、ウソッ。アユ？」

　なにこれ。もしかしてアユが今井先輩を殴ったの!?

　なんで……。

　アユは鋭い目つきで今井先輩をにらみながら立っている。

　それを見て、口々にはやし立てる野次馬たち。

「なんだ？　ケンカか？」

「こえ〜。女取られたとか？」

「ウソッ、あれって渡瀬くんじゃん！」

　私はすぐさまアユの元へと駆けよった。

「ちょっとアユ！　何やってんの!?」

　慌てて彼の腕をギュッと掴む。

　だけどアユは、私を見て少し驚きながらも、すぐにその手をそっと振りはらって。

「うるせぇ。お前には関係ない」

　そんなっ、関係ないって……。

　だったらなんで殴ったりしたの？

　だいたい人を殴ったりするようなタイプじゃないくせに。

　らしくない彼の行動に、信じがたい状況に、心臓がうる
さいくらいドキドキして、胸がしめつけられるような思い
がした。

　アユはそんなふうに言うけど、目の前のこの状況を見て、
関係ないなんてとても思えなくて。

　仲のいい先輩を殴ったアユは今、どんな気持ちでいるん
だろうとか、そもそもなんでこんなことをするんだろうと
か。

　考えれば考えるほど、罪悪感のような気持ちに襲われて
苦しい。

　ねぇ、もしかして……私のため？

　うぬぼれみたいだけど、そんなふうに思っちゃうよ。

「クソッ。いってぇなぁ。急に何すんだよっ」

　すると、今井先輩が口元に滲んだ血を手で拭いながら、
ヨロヨロと立ち上がった。

　そして、私の姿に気付いたかと思うと。

「ははっ、なるほどねぇ。そういうことか〜。でもさ、だ
からって先輩殴っていいことにはならねぇよなぁ？」

　そう言いながら、ゆっくりと近づいてくる先輩。

　なにやら不穏な空気が流れて、不安でいっぱいになる。

　まさか先輩、やり返したりしないよね？

　だけど彼は、そのままアユに詰めよったかと思うと、右
手拳を勢いよく振り上げた。

「てめぇ、生意気なんだよっ。クソッ！」

　──バキッ!!

　骨と骨がぶつかり合うような鈍い音がして、私は思わずギュッと目を閉じる。

　そして、再び目を開けた時には、目の前にアユが倒れていて。

　ウソ。やだ。

　ホントに殴った……。

「アユっ!!」

　とっさにアユに駆け寄り、声をかける。

「だ、大丈夫っ!?」

　目の前で繰り広げられる予想もしなかった展開に内心パニックで、今にも涙が出てきそうだった。

　ねぇ、なんでこんなことになってるの?

　私のせいなの?

　お願いだから、もうやめてよ。

　見てられない。

「くっそ……」

　口元を押さえながら起き上がるアユ。

「ねぇアユ、もういいよ。もうやめて……」

　私は泣きそうになりながら、アユの腕を掴む。

　だけどアユはそれ以上やり返そうとはしなくて、ただ今井先輩をじっとにらみつけながら、低い声ではっきりと言い放った。

「とにかく、二度と美優に近づくなよ!」

　えっ……?

　聞いた途端、胸がドキンと音を立てる。

　アユの表情は真剣で、怒りに満ちていて。

　それを見たら思わず胸の奥が熱くなって、また涙がこみ上げてきた。

　なんだ。やっぱり……。

　私のために怒ってくれたんじゃん。

　今井先輩はそんなアユを見てふぅっとため息をついたかと思うと、少し眉を下げて笑う。

「はは、わかったよ。悪かったな」

　そして、殴り返して気がすんだのか、そう言い放つとその場から去っていった。

　集まった野次馬も少しずつ散っていく。

　私はあらためてアユをじっと見つめる。

　口元が切れて、白い肌に赤く血が滲んだ彼の顔を見たら、思わずこらえていた涙があふれてきて。

「……っ、なにやってんの、バカ……」

　するとアユは、恥ずかしそうに顔をそむけながら、ボソッと小声でつぶやいた。

「べつに。お前のためじゃねぇし……」

　なんて、さっきあんなことを言っておきながら、素直じゃないにもほどがあるでしょ。

　だけど、正直うれしい。

　アユの気持ちを思うと、なんだか胸がいっぱいで。

　そっと彼の頬に手を当てる。

「……っ、なんだよ」

「アユ、ケガしてるよ。保健室行こう」

ねぇ、私のために怒ってくれて、ありがとう。
なんだかアユがちょっと、ヒーローみたいに見えたよ。

いいかげん気づけよ

　──キーンコーン……。

　保健室に着いた時には、もう昼休みが終わっていた。

　ガラッとドアを開けると、ちょうど先生はいないみたいで。

　私はアユをイスに座らせ、消毒液やコットンを取りに行った。

　アユが時計を気にしながら尋ねる。

「美優お前、授業サボっていいのかよ？」

「うん。だって今はそれどころじゃないでしょ」

　私がサラッと返すと、アユはどこか心配そうな顔で。

「べつに俺は手当てとかいらねぇから。つーか、ふたりで抜けたら、あとでいろいろ言われるかもしんねぇぞ。いいのかよ」

「えっ？」

　まさかアユがそんなこと言うなんて思わなくて、ちょっとおかしかった。

　なにを気にしてるんだか。

　人目も気にせず私のために先輩を殴って、それでケガをしたっていうのに、ほっとけるわけがないよ。

「べつにいいの、なに言われても。それよりなにより、今はアユが大事！」

　私がそう言うとなぜかアユは少し黙って、それから口も

とを隠すように手で覆った。

「……っ、バカ」

　だけどそこで彼の顔をよく見たら、ちょっと赤くなっているように見えて。

　気のせいかな？

「はい、持ってきたよ。消毒しよ」

　手当ての用意をし、丸い回転イスにアユと向かい合って私も座る。

「じっとしててね」

　手に持ったコットンを消毒液に浸して、ピンセットでつまみ、アユの口元の傷にあてた。

「……っ」

「あっ、痛かった？」

「べつに」

　とか言って、けっこう痛そうな顔してたんだけどな、今。

　素直に言わないところがまたアユらしいけれど。

「でもほんと、びっくりしたよ。まさか、殴っちゃうなんて思わなかったから」

　私がそう言うと、アユは目線を横に向けながら答える。

「俺だって思わねぇよ」

「えっ」

　じゃあなんで……。

「言っとくけど俺、人殴ったりしたの、今日が初めてだし」

「そ、そうなの？」

「そうだよ」

　いやもちろん、慣れてるなんて思ってないけど。でも。

　自分が何かされたわけじゃないのに、私のために？

　そう思ったらなんとなく、謝ってしまった。

「ご、ごめん……」

　なんだかうれしいような、申し訳ないような、なんとも言えない気持ちで。

「べつに。ただ俺がムカついただけだから」

　アユはそうつぶやくと、なにを思ったのか、うつむいて目を伏せる。

　急に静かになったアユからは、どこかしんみりとした空気が漂（ただよ）ってきて、そんな彼を見ていたら、思わず胸が苦しくなった。

　もしかしたら、アユだってすごくあと味が悪かったりするのかも。

　いや、普通はそうだよね。

　仲のいい先輩を殴ったわけだもん。

　私にとって今井先輩は最低な人だったけど、アユとしてはあまりいい気分じゃないよね。

「口、切れちゃったね」

　そっと彼の口元に絆創膏を貼（は）りつける。

　すべすべの白い肌は私よりきれいなんじゃないかと思うくらいで、だからこそ余計に痛々しく見える。

　長いまつ毛に、切れ長の大きな瞳、スッと通った鼻筋。

　久しぶりにまじまじとアユの顔を見たけれど、あらためて見るとやっぱりすごく整っていて。

　こんなきれいな顔にケガをさせちゃったんだと思ったら、なんだかますます申し訳なかった。
「せっかくのきれいな顔に傷ついちゃってごめん」
「いいよべつに」
　アユはそう言うと、絆創膏を自分の指でなぞりながら。
「俺だけ殴っても気分悪いから、むしろ殴り返されてよかった」
「えっ……」
　その言葉を聞いて、少し驚いた。
　意外。アユってそんなことを思うんだ。
　なんだ。やっぱりすごく優しいんじゃん。
　私はそんなアユを見ていたら、じわりとこみ上げてくるものがあって。
　今さらながら、感謝の気持ちをちゃんと伝えたくなった。
　そうだ。まだお礼言ってないや。
「ねぇアユ」
「ん？」
「あの……でも私、うれしかったよ。アユが怒ってくれて」
　アユの目をじっと見つめる。
「だから、その……ありがとう」
　私が照れながら口にしたら、アユは少し驚いたように目を見開いて。
　こんなふうにマジメにお礼を言うのは久しぶりだったから、なんとも言えない恥ずかしい空気が流れて、それがすごくくすぐったかった。

　するとそこで、アユは何を思ったのか、いきなり私の片腕をギュッと掴んできて。

　それからグイッと自分のほうへと引きよせる。

「……わっ」

　回転イスごと体が移動して、いきなりアユの顔が目の前に来て、不覚にもドキッなんてしたのもつかの間。

　次の瞬間、唇がそっと温かいものでふさがれた。

　えっ……?

　一瞬、なにが起こったのかわからなくて。

　目を閉じることも逃げることもできないまま受け入れたそれは、初めての不思議な感触。

　ウソッ、待って。今私、アユと……。

　アユはゆっくりと顔を離す。

　固まる私から視線を外すことなく、腕を掴んだまま。

　私はだんだんと今の出来事が現実味を帯びてきて、じわじわと顔が熱くなるのがわかった。

　同時に混乱してくる。

　ねぇ、なんで……?

　まさか、アユが私にキスするなんて。

　だって私たち、友達のはずだよね?

　一体どうしちゃったのかな?

「えっ。ちょ、ちょっと待って。なんで?」

　ドキドキうるさい心臓に静まれと言い聞かせながら、アユに問いただす。

　体中が沸騰しそうなくらいに熱くて、恥ずかしくてたま

らなくて。

　とにかく完全にテンパっている自分がいた。

　アユはマジメな表情のまま、静かに答える。

「なんでって、ほかに理由なんかねぇだろ」

「えっ……？」

　ほ、ほかにっていうのは。

　私が目を泳がせながら何も答えられずにいたら、アユは少し頬を赤らめ、こちらをじっと見つめてきた。

「バカ。いいかげん気づけよ」

　その言葉に、思わずドクンと心臓が飛び跳ねる。

　ま、待って。そんな、まさかとは思ったけど……。

　そう言われて気がつかないほど、私もバカじゃなくて。

　つまりそれは……そういうこと、だよね？

　おそるおそるアユに問いかける。

「えっと、じゃあもしかして、アユの好きな人って……」

　すると彼は、真っ赤な顔でコクリとうなずいた。

「そうだよ。お前以外に誰がいるんだよ」

「う、ウソッ……」

「ウソじゃねぇよ。ずっと好きだった。1年の時からずっと」

　そんなふうにはっきりと言われたら、もうこれ以上疑うなんてできなかった。

　ゴクリと唾を飲みこんで、沸騰しそうな頭で考える。

　好きだった。

　アユが、私を……？

　今までずっと？

　どうしよう。全然気づかなかったよ……！

　もちろん、うれしくないかと言われたら、すごくうれしい。

　だけど、今まで彼をそんなふうに意識したことがなかっただけに、戸惑ってしまう。

　今すぐ付き合おうとか言われたとしても、どうしていいかわからないっていうか。

　急にアユのことを友達以上に見るなんて、やっぱりできないよ。

「あ、ありがとう……。あの、全然気づかなかった」

「だろうな」

「でも私、あの……っ」

　こういう時、なんて答えたらいいんだろう。

　アユのことは嫌いじゃないし、むしろ好きだと思う。

　だけどそれはたぶん、アユの好きとは違う好き。

　私にとってアユは大切な友達で、失いたくない。

　だから、気まずくなったり、今までみたいにできなくなるのは嫌。

　でも、そんなこと言ったらワガママかな？

　どうしよう。どうしよう。

　動揺して、言いたいことがよくわからないよ。

　私が返す言葉に困っていると、アユはいきなり私の手をギュッと握ってきた。

　それに驚いてアユをまた見上げて、だけど、目が合って気まずくてそらして。

　　ドキドキドキドキ……。

　　心臓が大変なことになってる。

　　なんで私、アユにこんなドキドキしてるの？

　　するとアユは、静かに口を開いた。

「あのさ」

「な、なにっ？」

「べつに、今すぐ返事とかいらねーから」

「……え？」

　　なにを言われるかと思ったら。

「そ、そうなの？」

　　私は少しだけホッとして、アユを再び見つめ返す。

　　といっても、いまだに手を握られてるから心拍数がおかしいけれど。

「美優が俺のことを友達としか思ってねーのくらい、わかってるし」

　　そう言われると、なんだか胸がチクッとする。

　　いや、もちろんアユは友達だけど、ただの友達というよりは、もっと特別な存在なんだけどね。

「ご、ごめん」

「だから、今すぐ付き合えとか言わない。今までどおりでいいから」

「アユ……」

「まぁ、昨日あんなことがあったばっかだし、すぐに返事しろとか言われたって、お前も困るだろ」

　　そう言ってもらえて、ますますホッとしている自分がい

た。

　だって、これからどう接していいのかわからなくなりそうだったから。

　できればアユとは気まずくなりたくないし。

　するとアユは、握っていた手を離して、今度は私の頭の上にポンと置いた。

　そして、私の顔をじっと覗き込んできたかと思うと。

「そのかわり、今度から俺のこと、男として見ろよ」

「……っ」

　そう言ってイスから立ち上がり、ドアのほうまで歩いていった。

　私はなんだか放心状態で、なにも言い返せなくて。

　ドアの前で、ふとアユが振り返る。

「あ、手当てどうもな」

　そのまま背を向けて去っていく彼。

　ドキドキと心臓の音がうるさくて、顔が熱くて。

　しばらくその場から動くことができなかった。

　どうしよう。アユに告られた。

　キスされた。

　私、これからどうしたらいいんだろう……。

『えぇっ！　先輩ってそんな人だったの!?　それはショックだね……』

　その晩、私は約束どおり、真由香に電話で今井先輩とのデートのことを報告した。

　そのあとの出来事も、全部。

『でも、まさかそこでアユくんに告られるとはね。やっぱり、美優のこと好きだったんだ』

　さらにアユのことを話したら、真由香はそれにはあまり驚いていなかったけど。

　驚いてるのって、もしかして私だけ？

　私の中では、今井先輩がチャラ男だったこと以上に、アユが私を好きだったことのほうが、衝撃だったんだけどな。

『先輩とのデートに文句言ってたのも、ヤキモチ妬いてたってことだよね。美優を行かせたくなかったんだよ』

「そう……なのかな？」

『そうだよー。しかも、心配して駆けつけてくれたんでしょ？　そのうえ仇討ちみたく先輩を殴るなんて、ヒーローみたいじゃん。私だったら、アユくんに惚れちゃいそう。カッコいいよ～』

　そう言われると、なんだか照れくさい。

　たしかに私もあの時は、アユが私のために怒ってくれたことがうれしかったし、アユがちょっとカッコよく見えた。

　だけど、好きって言われたら、やっぱり戸惑っちゃったんだ。

『ねぇ、ダメなの？　アユくんじゃ』

　真由香はストレートに聞いてくる。

　真由香だったらこういう場合、とりあえず付き合ってみるんだって。

　付き合ってから、好きになればいいじゃないって言うの。

　でも、私は。

「だ、ダメっていうか、アユとはずっと友達だったし、急に付き合うなんて考えられないっていうか……」

　正直キスされた時はすごくドキドキしちゃったし、急にアユを見る目が変わってしまったような気がするけれど、だからってそんな簡単に付き合うとかはできなくて。

　今まで築いてきたこの居心地のいい関係が壊れるのが、怖いと思ってしまう。

『うーん、そっかぁ』

「今すぐ返事はいらないって言われたから、ちょっと考えてみる」

　私がそう言うと、真由香はなぜかふふっと小さく笑った。

『まぁ、私は時間の問題だと思うけどね〜』

「え？　時間の問題って？」

『だからー、好きになるのも時間の問題じゃないのってこと』

「えぇっ!?」

　なにそれ！　まさかそんな……。

『だってそれだけ美優のことを思ってくれて、しかもイケメンなんでしょ？　今すぐには無理でも、そのうち好きになるかもしんないじゃん』

「えっ！　いやそれはっ、そうかもしれないけど……」

　でも、全然想像できない。

　アユのことを好きになるとか、アユと付き合うとかそんなの……。

　いや、ないないない!!

『これから先が楽しみだね〜。進展、期待してるよん』

　真由香はヒュ〜!　なんて言って冷やかしてくる。

「や、やめて〜!」

　だから私はだんだん恥ずかしくなってきて、「またね、おやすみ」と慌てて電話を切った。

「……はぁ」

　時間の問題だなんて、真由香にそんなこと言われたら、ますますアユのことを意識しちゃう。

　明日アユに、どんな顔して会えばいいんだろ。

　そんなことをあれこれ考えていたら、またドキドキして眠れなくなってきて。

　ベッドの上で抱き枕をギュッと抱きしめながら、バカみたいにひとりで足をバタバタさせていた。

第2章

普通にできないよ

　次の日、私は学校に着くなり、絵里のいるD組までダッシュで向かった。

　とにかく自分の教室にいると、落ち着かなくて。

　恥ずかしくて気まずくて、とてもじゃないけどアユとまともに話せる気がしない。

　だからアユと顔を合わせる前に、どこかに身を隠さなきゃ、そんな思いでいっぱいだった。

　下駄箱でも廊下でも、キョロキョロ不審者のごとくあたりを見回して、ようやくたどりついた絵里の机。

「はぁーっ」

「おはよ、美優。なにコソコソしてんの？」

　絵里は私を見るなり、苦笑いしてる。

「だ、だって、アユとどんな顔して会えばいいのかわからなくて……」

　そう答えたら、ブブッと思いきり笑われた。

「あははっ！　もー意識しすぎ!!」

　いやいや、意識しすぎって、するでしょ！

　今までは、あたり前のように毎日一緒にすごしてたけど、さすがに好きって言われたら、ね。

　しかも、キスしちゃったし……。

　アユは『今までどおりで』って言ってたし、ホントは私だってそうしたいけど、やっぱり今までどおりになんて

きなくて、どうしたって意識しちゃう。

　そんな私を見て、絵里が頬杖をつきながら言う。

「っていうか私は、美優が今まで気づかなかったことのほうがびっくりなんだけど」

「えっ」

　しかも、どうやら絵里はアユが私を好きだって知ってたみたい。

　私が昨日テンパりながら絵里に報告したら、驚くどころか『ついに告ったか！』なんて言われちゃって。

「いやいや、全然気づかないよ！　たしかに仲良くはしてたけど、アユ、全然好きっぽい態度出してなかったじゃん」

　どちらかといえば、いつも嫌味とかイジワルばっかりだったし。

「出してたよ〜、バレバレじゃん。歩斗が自分から構うのは、いつだって美優だけだよ。それなのに美優ったら全然自覚ないから、私、歩斗が気の毒で仕方がなかったわ」

「えぇっ」

　そ、そうなの？

　言われて今までのことをいろいろと振り返ってみる。

　たしかにアユは、いつも何かと私に構うところはあったけど、うーん……。

　でもまぁ、今思えばすごく優しい時もあったし、私が気づいてなかっただけなのかな。

　すると絵里は突然ニヤリと笑って、私の顔を覗き込んできた。

「それよりさぁ、どうだったー？　ファーストキスは」

「はっ？」

「だって、初めてだったんでしょ？　今井先輩からキスされそうになった時は死守したって言ってたもんね？」

　うっ……。

　そう言われてみれば、そうなんだ。

　それなのにアユとはキスしちゃったっていう。

「ど、どうって、いきなりすぎてよくわかんなかったよ！　だってまさかあんなふいうちで……って、思い出させないでよ～!!」

「あははっ！　ドキドキした？」

「した……っしてないっ!!　わかんない！　やだもうっ」

　思い出したら恥ずかしくて、真っ赤に火照る顔を両手で覆い隠す。

　ダメだ私、なんでこんなにドキドキするんだろ。

　べつにアユのことを好きなわけじゃないはずなのに、昨日のキスがずっと頭から離れない。

「やだ美優ったら、照れちゃってかわいい～」

　絵里はますますニヤついて、私の反応をおもしろがってる。

　だけど私は正直なところ、キスされたこと自体はそんなに嫌じゃなかった。

　今井先輩にされそうになった時は、嫌悪感しかなかったのに、不思議。

　まぁ昨日のは突然すぎて、考えるヒマもなかったんだけ

どね。

「あぁでも、どうしよう。気まずい……。どんなふうに接したらいいんだろう」

「普通にしてればいいんじゃん？　だって、いつもどおりでって言われたんでしょ？」

「そうだけど、その普通がどんなだったか忘れちゃったよ」

　そう。なんかもう意識しすぎて、今までどんなふうに接してたのか、わからなくなってる。

「ふふっ、なんか恋する乙女みたいじゃん。美優」

「なっ……！」

「そうやって意識してるうちに、好きになっちゃうかもよ？　美優は鈍感だから、そのくらいがちょうどいいよ」

「えっ、ま、まさかっ」

　──キーンコーン……。

　するとその時予鈴のチャイムが鳴ってしまい、私は絵里に追い返されるようにして自分の教室へと戻った。

　教室へ着くなり、うしろのドアからこっそりと中に入る。

　すると、ある光景が目の前に。

「アユくん、どうしたのその顔。大丈夫ー？」

「痛そう！　誰にやられたのぉ〜？」

「先輩とケンカしたって聞いたんだけど、マジ？」

　クラスの派手な女子３人に囲まれてるアユ。

　ウソッ。なんでこのタイミングで……。

「さぁ、知らね。忘れた」

「えー忘れた？　ウソだ〜。そんなわけないじゃん！」

「ひどいね～。アユくんの顔に傷つけるとか、最低」

　みんな口々に心配してる。

　たしかにあの顔のケガは突っ込まれるよね。

　私は気づかれないようにこっそりと、その横を通り過ぎた……つもりだったんだけど。

「おい、美優」

　どっきーんと跳ねる心臓。

　呼び止められちゃった。

　おそるおそる振り返る。

　そしたら、アユとバッチリ目が合って。

「あ、お……ぉはよ！」

　噛み噛みの挨拶。

「おはよ」

　アユも心なしか、ちょっと照れくさそうだし。

　ダメだ。全然普通になんてできないよ。

　意識しないなんて、やっぱ無理だよね。

「ねぇ美優ちゃん、これどうしたか知ってるー？」

　そこでアユを囲んでいた女子のひとり、橋本さんが彼の口元の傷を指差しながら聞いてきた。

　私はまたドキッとして焦る。

　どうしよう。知ってるけど、言えないよ。

「い、いや、私は……」

「っていうか、なんか美優ちゃん顔赤くない？」

　すると、橋本さんはいきなりそんなことを言いだして。

「えっ……」

やだ、待って。赤くなってるの、アユにもバレちゃう！
「そ、そんなことないよっ！　あっ、それじゃ私、そろそろ先生来るからまたね！」
　焦った私はそう言うと、逃げるように自分の席まで戻った。
　あぁもう、なにやってるんだろう。
　しかも、赤くなってたの見られちゃうとか、恥ずかしい。
　意識しすぎて、全然いつもみたいに話せないよ。困ったな。
　アユだって今のは、絶対変に思ったよね。

　２時間目は、体育館で体育の授業だった。
　体育は２クラスずつ合同でやるから、私たちC組はいつも絵里たちのD組と一緒。
　チャイムが鳴るのと同時に、私は急いで体操服を持って教室を出た。
　体育館で体育の時はいつも、男子がバスケで女子はバレー。
　広い体育館を半分ずつ使って行う。
　だから毎回男子が試合してる時は、ヒマな女子が見学に群がっていて、アユなんかはいつもキャーキャー言われてるんだ。
　運動神経バツグンなうえに元バスケ部だから、毎度大活躍だし。
「きゃ～っ！　アユくーん！　頑張って～！」

「歩斗くん、カッコいいい〜！　ファイトー！」

　今日だって、バスケの試合が始まるなり、女子たちはバレーそっちのけで応援していて、先生も苦笑い。

　アユは現役バスケ部顔負けの活躍ぶりで、次々とシュートを決めていた。

　たしかにバスケしてる時のアユは、カッコいい。前からそう思ってた。

　だけど、今日あらためて見ると、なぜかそれがもっとカッコよく見えちゃったりして。

　ダメだ。やっぱり今日の私はなんかおかしい。

　それに恥ずかしくて、いつもみたいに「アユ頑張れー！」とか言えないよ。

　すると、絵里が私の隣までやってきて。

「あれ〜？　今日は歩斗のこと応援してあげないの？」

「えっ。だってなんか、もう間に合ってるから……」

「もうっ、なに照れてんのー？　美優の応援があれば、歩斗もっとやる気出るよ。ほらほら、声出して！」

　そう言われるとますます恥ずかしくなって、声なんて出なかった。

　絵里は隣で、これ見よがしに応援に参加する。

「歩斗！　ほら、ちゃんと見てるよー！　もう１本!!」

　そして挑発するかのようなその声は、アユの耳にちゃんと届いていた。

　ドリブルしながらチラッとこちらに目をやる。

　……あっ。

　そしたらうっかり目が合ってしまって。
　そのままアユはディフェンスを華麗（かれい）にくぐり抜け、ゴール前まで走り出ると、軽々とまたシュートを放った。
　──スポッ。
「「きゃぁ～っ!!」」
　途端に女子たちの大歓声（かんせい）が湧（わ）き起こる。
　それには私も思わず目が釘（くぎ）付けになってしまい、なんだかわけもなくドキドキしてしまった。
　すごい。ホントに決めちゃった……。
　悔しいけど、今のはカッコいいよ。
　そんな私の横で、絵里がまたクスリと笑う。
「ふふ。まさに、好きな子が見てると頑張れるってやつだね～」
「えっ!?　今の、関係あるの？」
「だって今、美優の姿確認してたもんね？　絶対そうだよ」
　って、絵里がわざとこっち向かせたんじゃん！
　なんて思ってたらそこで、ピーッと笛が鳴って。
　アユたちのチームの試合が終了した。
　ぞろぞろとコートからはけていく男子たち。
　そして、一瞬にしてアユの周りに群がる女子たち。
「アユく～ん！　今のシュートすごかったぁ～」
「歩斗くん、おつかれさまー！」
　だけどなにを思ったのか、アユはそんな女子たちをスルーすると、私のところまでスタスタとやってきて。
「美優」

「な……なに？」

「今の見てた？」

「えっ？」

　見てたって、シュートのこと？

「み、見てたよ。いちおう……」

　私がそう答えると、なぜかムッとするアユ。

「いちおうってなんだよ」

「み、見てたってば。ちゃんと」

「ならいいけど」

　え……なに？

　それは、見ててほしかったってこと？

　するとその時、向こうから女の子たちの呼ぶ声がした。

「ちょっとー、アユくん！　シカトしないでよー！」

　それを聞いてハッとする。

　たしかにアユ、今思いきりあの子たちムシしてこっちに来たもんね。

　なんか若干にらまれてるような気もするし。

「ねぇアユ、呼ばれてるよ。シカトはよくないって」

　慌ててアユを追い返す。

　すると、いきなり腕をギュッと掴まれて。

「行かねぇよ」

　じっと目を見つめられ、ドキッとする。

「俺はあいつらじゃなくて、美優といたいんだけど」

「ええっ」

　ちょっと、なに言ってるの？

　なんか変だよ、アユ。

　私はなんだか恥ずかしくてたまらなくて、これ以上アユと向かい合っているのが耐えられなくなってきた。

　掴まれた腕が熱くて、体まで熱くなってくる。

　昨日のこと、また思い出しちゃう。

　アユの顔、やっぱりまともに見れないよ……。

「ごっ、ごめん。私、そろそろ試合出るからっ。行くね」

　そして、ついにはそんなことを言い捨てて、無理やりその場から立ち去ってしまった。

　どうしよう。これじゃ人にシカトするなとか言えないよね。

　なんでこんな不自然な態度ばっかり取っちゃうんだろう。

「意識しすぎだよー、もう。今までどおりにしてればいいじゃん」

「だから、それができないんだって。どうしよう〜」

「でも避（さ）けるような態度取ったら、歩斗がかわいそうだよ」

「う……うん」

　昼休み、中庭でお昼を食べながら、絵里に相談してみた。

　結局、あのあとアユとはほとんどしゃべってなくて。

　おかしいよね。いつもなら休み時間のたび、教室で一緒にしゃべってるのに。

　なんでこんなふうになっちゃうんだろう。

　アユの気持ちはすごくうれしかったし、今までどおり仲

良くしたいのは山々なのに。

　それ以上に恥ずかしい気持ちが勝ってしまうんだ。

　ダメだなぁ、私……。

　パンをかじりながら、中庭の奥をぼーっと眺める。

　するとそこに、誰かがやってきて、声をかけてきた。

「あーっ！　やっぱ絵里たちここにいたか〜」

「わぁ政輝、と歩斗」

　ドキッとして振り向くと、政輝と一緒にアユもそこにいて、また一気に心拍数が上がってしまう。

「なに、どうしたの？　もうお昼食べたの？」

「食ったよ、学食で。そしたらジュース買い間違えてさぁ。これやるわ、絵里に」

　政輝はそう言うと、手に持っていた紙パックのフルーツオレを絵里に手渡した。

「なにこれ、また押し間違えたの？」

「そうそう、隣のコーヒー選んだつもりがさぁ。甘いのダメだから、俺」

「バカだねー、もう。何回目よ」

　微笑（ほほえ）ましいカップルの会話に癒されながらも、なぜかいつもみたいに軽く割りこめない。

　すると政輝がそこで、隣でパックジュースを飲んでいたアユを指差して。

「しかも俺につられて歩斗も買い間違えちゃって。いちごミルク押してやんの。ウケるっしょ」

「あはは、マジで？　たしかに歩斗がいちごミルクは似合

わないね〜。でもそれ、美優がいつも飲んでるやつじゃん」

　絵里がそう言うと、アユはストローから口を離し、私の
ほうをチラッと見る。

　そして、何を思ったのか、その特濃いちごミルクのパック
を私に差し出すと。

「じゃあ、美優が飲む？」

「えっ！」

「俺、あんまこれ好きじゃないし」

　そんなふうに言ってきたので、またしてもすごく動揺し
てしまった。

　ちょっと待って。それってよく考えたら、間接キスじゃ
ない？

　なんて、今までだったら普通に受け取ってるところだっ
たけど、今さらのように意識しちゃう自分がいて。

「いや、あの……でもっ……」

　ど、どうしよう。なんか恥ずかしくてためらっちゃうよ。

　だって、昨日の今日だし。

　そしたらそんな私を見た政輝が急にクスクス笑うと。

「ははっ、なに照れてんだよ〜、美優。いいじゃんべつに、
お前らもうキスした仲なんだし」

「ちょっ……！」

　いきなりとんでもないことを言いだしたので、一瞬にし
て顔が真っ赤になってしまった。

　見上げると、目の前にいるアユも顔を真っ赤にしている。

　あぁ、もう無理。ダメ。

　また思いだしちゃったじゃん。

　政輝のバカ～！

「やだっ。ちょっと政輝、あんた何言ってんのよっ！」

　絵里が慌てて政輝の背中を叩いて説教するように言ったけれど、私はもうそれ以上その場にいるのが恥ずかしくて、無意識のうちに走り出してしまった。

「ちょっと、美優！」

　うしろから絵里の声が聞こえたけれど、振り返れない。

　だって、あんなこと言われて、アユと顔を合わせたままいられるわけがないよ。

　だけど突然逃げるように去ってしまったものだから、それはそれで罪悪感というか、うしろめたくて。

　アユとますます気まずくなってしまったような気がして、胸が痛かった。

　──ブブブ……。

　帰りのＨＲの最中、スマホが震えたので確認すると。

【今日の部活はかならず出てね！　月に一度の作品提出の日でーす！】

　ハルカ先輩からのメッセージだった。

　ウソッ、作品提出？

　そんなの今初めて聞いたような……。

　でも、言われたら出るしかないよね。あと少しで刺繍も縫い終わるし。

　しぶしぶ了解のスタンプを送る。

　はぁ……。

　本当なら今日は、アユと一緒に帰ろうかと思ってたのにな。

　このまま気まずいのも嫌だし、普通にまた話せるようになりたいし。

　だけど、こういう時にかぎって部活とか。

　とはいえ作品提出だけはちゃんとやらないと、ヘタしたらウチの部、廃部になっちゃうからなぁ。

　ＨＲが終わり、モヤモヤした気持ちのままカバンを持って立ち上がる。

　せめてバイバイくらいは言わなくちゃと思ってアユを探すけど、すでにもう教室にはいなかった。

　あれ？　なんで？

　いつもなら、「帰るぞ」とか言って、すぐ私のとこに来るのに。

　もしかして、さっき私が逃げちゃったからかな……。

　仕方なく教室を出て、部室まで向かうことにした。

　１階に降りて、下駄箱の近くを通り過ぎる。

　すると、急にうしろから手を引かれた。

「わっ」

　驚いて振り返る。

　すると、そこにいたのはなんと、アユで。

「び、びっくりした。どうしたの……？」

　ドキドキしながら声をかけたら、アユは少しムスッとした顔で言った。

「どうしたの、じゃねーよ。一緒に帰んねーの？」

「えっ」

　あれ？　だってアユが先に教室出ちゃったのに。

　なんだ。一緒に帰ろうと思ってくれてたんだ。

「アユこそ、てっきり先に帰ったのかと」

「ちげーよ。ちょっとほかのクラスのやつに呼ばれてたんだよ」

「そうだったんだ」

「とりあえず帰るぞ。俺、今日バイトないから」

「えっ、でも……」

　ダメだ、どうしよう。

　今日は部活が……って言おうにも、そのまま腕を引かれていってしまう。

　相変わらず強引で。

　そしてそのままズルズルと下駄箱まで連れていかれてしまった。

「あの、ごめん。アユ」

　立ち止まったところで、しぶしぶ申し出てみる。

　私だって本当は一緒に帰りたい。

　いつもみたいに誘ってくれてうれしかったのに。

「なに？」

　アユが聞き返す。そしたらバチッと目が合って。

　その瞬間、私は無意識にその目をそらしてしまった。

　あぁ、またやっちゃった……！

「今日は私、部活に出るから……」

　だけどそこでアユの顔をおそるおそる見上げると、なんだかすごく傷ついたような顔をしていて。

　やば、どうしよう……。

　アユがふぅっとため息をこぼす。

「なんだよ、その態度」

「えっ？　いや、だからっ」

「だって今日のお前、すげぇよそよそしいし、今だってろくに目合わせねーし。俺のこと避けてばっかだろ」

「……っ」

　そんなふうに思われてたんだ。

　でもそうだよね。たしかに私、アユのこと避けるような態度ばっかり取っちゃってたかも。

「そんなに俺の気持ち迷惑だった？」

　そう言って私を見つめるアユの瞳は、とても悲しげだった。

　あぁ、たぶん今日一日で、私はたくさんアユのことを傷つけてしまったんだ。

　考えたらわかったはずなのに。

　どうしてもっと普通にできなかったんだろう。

　今さらのように自分の振るまいを後悔する。

「ち、違うよっ！　そういうつもりじゃなくて、私……」

「悪かったよ。じゃあな」

　だけどもう遅くて。

　私が言いわけをする前に、その言葉は遮られてしまった。

　アユは下駄箱から靴を取り出すと、サッと履き替える。

　そしてそのまま背を向けて行ってしまって。

「アユ!!」

　私はその場に立ち尽くしながら、どうしようもなく胸が苦しくなった。

　行っちゃった。どうしよう……。

　アユのこと怒らせちゃった。傷つけちゃった。

　だけど、悪いのは全部私。

　何やってるんだろう。

　アユの気持ち、迷惑なんて思ってないのに。

　どうしてあんな態度ばっかり取っちゃったのかな。

　そのあと、しぶしぶ部活に顔を出した私は、ハルカ先輩にアユのことを相談した。

「えーっ!?　それはアユくんかわいそうだわ～」

「せ、先輩、声デカい！」

「だって、あのアユくんがやっと素直になったっていうのに、そんな態度取ったらそりゃショック受けるよ。美優のバカ～」

「だって……」

　そのとおりなので、何も言い返せない。

　アユのさっきの顔を思い出すと、胸が痛くて。

　ハルカ先輩からは、さっそく説教をくらった。

「いや、意識しちゃうのはわかるけどさぁ、思い出してみなよ。アユくんは美優のためにイマジュンを殴ったんだからね？　襲われた時だって、一番に助けに来てくれたん

じゃん。それもすべて、美優のことを想ってでしょ？」

「う……はい……」

「それでそんなふうに避けられたんじゃ、あんまりだわ〜。ツライって」

「……ですよね」

　先輩の言うとおりだ。

　アユはいつだってぶっきらぼうだけど、私のことを心配したり、助けてくれて。

　さんざんアユにお世話になっておきながら、告られた途端突き放すとか、私は最低だ。

　自分でもわかってる。

　それに本当は、私だって仲良くしたい。

　だけどいざアユを目の前にすると、どういう態度を取ったらいいのかわからなくなっちゃって。

　今までの距離が近すぎたから、余計にわからない。

　アユの気持ちを知った途端、バカみたいに意識してしまっている自分がいるんだ。

　どうしたらいいんだろう。

「とにかく謝るしかないよ。それでちゃんとアユくんに伝えなくちゃ。美優の今の正直な気持ち」

「はい……」

「そもそも、アユくんの気持ちに気づいてなかった時点で鈍感すぎだしね。私が今まであれだけアユくん推してたのに、見向きもしないでさぁ。それが告られた途端、意識しすぎてコレだから。もうっ！」

「すみません……」

　ハルカ先輩はご立腹みたいだけど、無理もない。

　今井先輩の件に続き、いろいろと心配かけてるし。

　自分がふがいなさすぎて、嫌になるよ。

　するとその時、うしろから声をかけられた。

「おぉっ、相変わらず石田の縫い目はきれいだなー。しかも早い。いい仕事してるぞ」

　久々に聞いたその声にハッとして振り返ると、そこにいたのはうちの部の部長で。

　ハルカ先輩と同じ三年生である彼、如月春樹先輩は、部長のくせに部活にあまり顔を出さないマイペースな人で、見た目は王子様系のイケメンだけど、とにかく変わってる人なんだ。

「久しぶりだなぁ、石田。元気にしてたかな？」

「え、部長こそなにやってたんですか？　めちゃめちゃ久しぶりじゃないですかっ」

「僕は受験生だからね、いろいろと忙しいんだよ。石田も元気そうでなにより。腕もなまっていないみたいしね」

「は、はぁ……」

　なんて言って、全然元気じゃないんだけどな、今。

　すると部長、ニコニコしながらサッと右腕を見せてきたかと思うと。

「そんな石田に、僕の新作を見せてあげるよ」

　そんなふうに言うので何かと思ったら、その腕には白のリストバンドが巻かれていて、そこには大きなバラの刺繍

が縫い付けられていた。

「えっ、このバラ、先輩が？」

「そう。上手でしょ？　こんなふうにSNSでリストバンドに刺繍入れてるのを見つけてさ。さっそく真似してみた」

「そ、そうなんですね。すごい……」

　たしかにとっても上手。

　でも、よりによってバラの刺繍って。なんか部長らしくて笑っちゃうかも。

「石田も刺繍上手だから、ぜひやってみるといいよ。それじゃ」

「えっ！」

　だけど、部長はなぜかそれだけ告げると、またどこかへ消えてしまって。

　相変わらずのマイペースっぷりに、ハルカ先輩とふたりでポカンとしてしまった。

　部長ったら、ただあのリストバンドを見せに来ただけなのかな？

　前から思ってたけど、やっぱりどこか変わってるんだなぁ。

　そしたら隣にいたハルカ先輩が怒り始めて。

「まったく、また春樹のやつ帰ったな〜！　いつも私に仕事押しつけてっ。無責任お飾り部長め！」

　ちなみに部長は実は、ハルカ先輩の従兄弟なんだ。

　手芸部の雑用的仕事はいつもハルカ先輩がやってるから、たまにしか顔を出さない部長にいつも腹を立ててる。

「はー、もう仕方ないなぁ。じゃあ美優、今からアユくん
との仲直り作戦考えるよっ」

　ハルカ先輩はそう言うと、イスに座りなおして足を組む。

「えっ、作戦？」

　そしてそのまま先輩が熱心に語るのをずっと聞いていた
ら、いつの間にか部活の時間が終わっていた。

大事にするに決まってんじゃん

　翌日、私は決心して学校に向かった。

　アユにちゃんと謝ろうって。

　私が落ちこんでる場合じゃない。アユのほうがもっと傷ついてるんだから。

　いつもより早く登校して、アユが来るのをじっと待つ。

　しばらく自分の席でスマホをいじっていたら、教室の前のドアからアユが入ってくるのが見えた。

　……あっ。

　朝が弱くて早起きが苦手なアユは、いつもどおりギリギリの時間に登校。

　その整った顔とスタイルのよさで目立つ彼は、一瞬でわかる。

　私は勇気を出して、いつものように駆けよった。

「アユ、おはよう！」

　昨日の今日だから、ちょっと緊張したけど。

　アユは私が声をかけると、すぐに振り向いた。

　だけど一瞬目を合わせるとすぐに、フイッとそらされてしまって。

「えっ、アユ？」

「なんだよ」

　いつもより冷たい声に、胸がズキンと痛む。

　やっぱりアユ、怒ってる？

　私が昨日あんな態度取ったから。

「き、昨日のことなんだけど、ごめんね。私……」

「べつにもういいよ」

「でもっ」

「それに今、お前とうまく話せる自信ない」

「えっ……」

　予想外のセリフに、一瞬言葉が出なかった。

　なにそれ。そんな……。

　──キーンコーン……。

　そんな時、タイミングわるく予鈴のチャイムが鳴ってしまって。

「チャイム鳴ったぞ」

「……っ」

　結局言いたいことがなにも言えずに終わってしまった。

　肩を落としながら自分の席に戻る。

　まさか、アユにそんなふうに言われるなんて思ってもみなかったよ。

　ズキンズキンと胸の奥が痛い。

　もちろん、元はといえば私が悪いんだけど、これじゃどんどん気まずくなっちゃうよね。

　どうしたらいいんだろう……。

　そのままろくに話しかけることもできないまま、時間が過ぎた。

　アユは今日は目を合わせようともしてくれなくて、今度

は私のほうが避けられてるような気がする。

　謝るタイミングを逃し続けたまま、1日が終わろうとしていて、いつの間にか帰りの時間。

　HRを終えて席を立つと、まっ先にアユの元へ向かった。

　アユはダルそうにカバンを肩に担いで、教室から出ていく。

　私はそれをうしろから追う。

　そして、下駄箱まで到着したところで、やっとアユに声をかけた。

「アユ、待って……！」

　ガシッと腕を掴み、引き止める私。

　すると、驚いた顔で振り返るアユ。

「なんだよ」

「えっと、あの……一緒に帰ろ？」

　だけど私がそう言うと、アユは一瞬困ったような顔をして。

「でも俺、今日バイトあるし」

「石田〜！」

　するとそこで、うしろから誰かに名前を呼ばれて。

　何かと思って振り返ったら、いきなり如月部長に首元を捕まえられた。

「よかった、まだ帰ってなかった」

「えっ、部長！」

　いや、ちょっと待って。なんでこのタイミングで……。

「実は今日石田に見せたいものがあって。今から部室に来

れないかな？」

「いや、でも私、今日は……」

　すると、そのやり取りを見ていたアユは、急にムスッとした顔になると。

「ほら、部長呼んでるぞ。じゃあな」

「えっ、アユ……！」

　そのまま私の手を振りほどくと背を向けて、スタスタと帰って行ってしまった。

　ウソ、行っちゃった……。

　今度こそちゃんと話そうと思ってたのに。

　呆然と立ち尽くす私に、部長がニコニコしながら聞いてくる。

「あれ？　今の彼氏？」

「いや、違います……」

　あぁもう、部長ったらもう少し空気を読んでよ。お願いだから……。

　私はそんなのん気な部長に連れられて、泣く泣く今日も部活に参加することになった。

　そのあと、部長に作品をあれこれ見せてもらい、手芸の材料を分けてもらったあと、ハルカ先輩にまたアユのことを相談した。

「あーあ。結局仲直りできなかったのか～」

「うぅ、どうしよう先輩……」

　こんなの初めてだから、自分でもどうしたらいいのかわ

からない。

　いつもの軽いケンカとは違って、このままアユと普通に話せなくなっちゃうような気がして、すごく不安で。

　いつもだったらあっという間に仲直りするところなのに、今回はそれができなくて苦しかった。

　だって、どうしてこうなったかというと、アユが私を好きだってわかったからで。

　だからこそ、いつものようにうまく気持ちを伝えることができない。

「もうこうなったらさー、アナログな手段でいくのはどう？ 直接言えなかったら手紙だよ、手紙！」

　するとハルカ先輩が急に思いついたように言った。

「手紙、ですか？」

「手紙ってもらったら、うれしくない？　ほら、バレンタインに手紙とか添えて告ったりするじゃん。話しかけてもダメだったら、今度は手紙でいこうよ。スマホのメッセージとかより形に残るし、気持ちが伝わる気がするなー」

「な、なるほど……」

　それには私も納得。

　たしかに手紙って、自分でももらったらうれしいかも。

　しかも直接話すより、言いたいことをうまくまとめられそうだし。

　よし、決めた。手紙を書いてみよう！

　言われたとおり、家に帰ってさっそく手紙を書いてみることにした。

下手くそな字で、何度も何度も書き直して。

結局長い文はくどいので却下して、シンプルにまとめた。

『アユへ

不自然な態度をとっちゃって、ほんとにごめんね。

アユの気持ち、ほんとはうれしかった。

だから、できれば今までどおり仲良くしたいです。

また一緒に帰ろう。

美優』

それをたたんで封筒に入れて、カバンにしまおうとした時だった。

カバンの中からあるものを見つけて。

それは、今日部長から分けてもらった、手芸材料の入った袋。

それらを見ていたら、ふと思いついた。

そうだ。せっかくだから、何かプレゼントを添えてみよう。

得意の手芸で、何か作ればいいんだ。

アユは受け取ってくれるかな？

少しでも、気持ちが伝わりますように……。

次の日、朝早起きした私は、誰よりも早く学校に向かった。

そして一番のりに教室に着いて、カバンからあるものを

取り出す。

　そう。昨日の夜アユに手紙を書いたあと、ふと思いついて刺繍入りのリストバンドを作ったんだ。

　バスケが得意なアユが、使ってくれるようにって。

　ちょうど如月部長がこの前リストバンドに刺繍をしてたから、それを参考に。

　アユのイニシャルと、その隣に小さく黒いネコの刺繍をして。

　手紙に添えてラッピングしたそれを、誰にも見つからないように、こっそりアユの机の中に忍ばせる。

　アユが実際どう思うかはわからないけど、手紙とそのリストバンドで、少しは気持ちが伝わるかなって思った。

　アユ、読んでくれるかな……。

　だけど、そのまま帰りの時間になっても、アユからはなんの反応もなくて。

　もしかして、気づいてない？

　でも、教科書を出し入れしたら、気づくはずなんだけど。

　私はだんだんとまた不安になってきた。

　もしかしたらアユは、手紙を見ても私と話す気にならなかったのかもしれないし、逆に見てないのかも。

　どうしよう。

「歩斗くーん、これ、今日の日誌なんだけど～」

　アユは、同じ日直の笠原さんと一緒に日誌を書いてる。

　結局、朝からなにも話してない。

　私はアユに声をかけることもできず、そのまま帰ろうと

自分の席を立った。

　少しばかり期待してたけど、今日はもういっか。

　やっぱりそんな簡単に、仲直りできるわけないよね。

　ため息をつきながら教室を出て、トボトボと下駄箱へ向かう。

　手紙のこと、アユに聞くこともできなかったな。

　下駄箱から靴を取りだして、上履きから履き替える。

　すると、うしろからまた声がした。

「歩斗くん、日誌付き合ってくれてありがとー！」

「いやべつに。俺も日直だし」

　わぁ、笠原さんとアユだ。なんかドキドキしてきちゃった。

　背を向けたままゆっくりと歩きだす私。

　うしろで聞こえる会話に耳を澄ませながら。

「歩斗くんも駅？　電車だよねー？」

「あー、うん」

「ねぇ、よかったら一緒に帰ろ？　ついでだし」

　モテモテなアユは、さっそく誘われてる。

　どうするんだろう……と思っていたら次の瞬間、いきなりうしろからギュッと腕を掴まれた。

「ごめん、無理」

　えっ……？

「俺、こいつと帰るって決めてるから」

　まさかのアユの発言に、ドキンと飛び跳ねる心臓。

　ウソ。なんで……。

　昨日は一緒に帰ってくれなかったのに。

「えっ？　わ、わかった。じゃあねっ」

　笠原さんは気まずそうな顔でそう告げると、そそくさとその場を去っていく。

　私はまだ信じられなくて、すぐには言葉が出てこなくて。

　そしたらアユが向かい合うように目の前までやってきて、今日初めて目が合った。

「アユ……」

「帰ろ、美優」

　いつもの声に、胸の奥がじわっと熱くなる。

「い、一緒に帰ってくれるの？」

　おそるおそる、アユに尋ねる。

　するとアユはコクリとうなずいて、それからカバンに手を突っ込むと、中から小さな袋を取り出し、私に見せた。

「これ、机に入ってたんだけど」

　何かと思えばそれは、私が昨日夜ふかしして作った刺繍入りリストバンドと手紙が入った袋で。

　なんだ。やっぱり気づいてくれてたんだ。

　じゃあ……。

「手紙、読んでくれたの？」

「うん」

　私はあの手紙とリストバンドで少しでも気持ちが伝わったんだと思ったら、うれしくてちょっと泣きそうになった。

　あらためて、アユに切りだす。

「ご、ごめんね。私、アユとどう接したらいいのかわから

なくて、避けるような態度取っちゃって……。傷つけて本
当にごめんなさい」
　するとアユは少し黙ってから、小さな声でつぶやいた。
「いや、俺もごめん」
「ううん、アユは悪くない。悪いのは私だよ。アユと顔合
わせたらなんか恥ずかしくて、うまく話せなくて……」
「そうなの？」
「え、うん」
　私がうなずくと、なぜかちょっと拍子抜けしたような
顔をしてるアユ。
「それだけ？　俺のこと避けてた理由って」
「うん」
　するとアユは突然、はぁーっと力が抜けたように大きな
ため息をついた。
「なんだ。俺はてっきり、キスしたのが嫌だったんだと思っ
てた」
「え……」
　ウソッ！
「それで、すげぇショックだったっつーか……」
　恥ずかしそうな顔で語るアユに、ちょっと驚く。
　まさかそれでショックを受けてたなんて、意外すぎて。
　アユはあのキスのこと、実は気にしてたんだ。
　私だけ意識してたわけじゃなかったのかな。
「ちっ、違うよっ。私はべつに、嫌じゃなかったよ」
「えっ？」

　とっさに否定したものの、言ったあとで急に恥ずかしく
なる。

　あ、あれ？　私ったら、なに言ってるんだろう。

　これじゃ、キスされてうれしかったみたいじゃん。

　見上げるとアユは目を丸くして、顔を真っ赤にしてる。

　それを見たら、思わず私も顔がかぁっと熱くなって。

　お互い目を合わせながら、言葉を失う。

　ど、どうしよ……。

　するとアユが突然私のほうへと歩みよって、両肩を
ギュッと掴んできた。

　そして顔をじっと覗きこむと。

「……っ、なんだよそれ。そんなこと言われたら、もう1
回するけど」

　えぇっ!?

　思わずうろたえる私。

「ちょっ、え、ちょっと待って！　あのっ……」

　だけど、そのままアユの顔がどんどん近づいてきて。

　ウソッ。待って。

　ダメだよ、心臓が……っ。

　あと数センチ、というところで止まった。

「バカ、冗談だよ」

　び、びっくりした。

　ホントにされるかと思った。

　ホッとしたように彼を見上げると、アユは少し顔を赤く
しながらも、イタズラっぽく笑ってる。

　なんかアユの笑った顔、久しぶりに見たかも。

　そう思ったら不覚にもまたドキドキしてしまった。

　アユは私から手を離すと、いつの間にかポケットにしまっていたらしいリストバンドを取りだし、私に聞いてくる。

「これ、お前が作ったの？」

「そうだよ。昨日の夜作ったんだ」

「ふーん、うまいじゃん。なんかネコついてるけど」

「ふふ、かわいいでしょ」

「このネコ目つき悪いな」

「うん。だってモデルの人が目つき悪いからね」

「はぁ？　モデルって俺かよ」

「あははっ。そのとおり」

　すると、コツンと頭を叩かれて。

「悪かったな、目つき悪くて」

　だけどそう口にするアユの顔は、ちょっとうれしそう。

　いつの間にか普段のノリに戻ってるし。

　私もこうやってまた、アユと普通に笑い合えることがすごくうれしかった。

　よかった。仲直りできて。

　やっぱりアユとはこうでなくちゃね。

　あたりは日が暮れかけていて、空はほんのりとオレンジ色に染まってる。

　私たちは駅までの道を、ゆっくりと歩いて帰った。

　アユとは歩いてる途中何度か、わけもなく目が合って。

　だけどもうそらしたりしない。

　にっこり笑って返すと、アユも優しい顔になる。

「なんか腹減った」

「あ、ウソ。私も！」

「食って帰る？」

「うんっ！　じゃあ、久しぶりにあそこ行こうよ！」

「ラーメンな」

「そうそう」

　そしてまた帰り道にいつものラーメン屋で、ふたり同じ
ラーメンを食べた。

　おなじみの味噌バターコーンラーメン。

　もちろんワカメは、いつもどおりアユが食べてくれて。

　あたりまえのような日常が、少しだけ前より特別に感じ
た。

　今さらのように大切に思えた、そんな１日。

　翌日。

「おはよー！　アユくん」

「歩斗～おはよ」

　アユは今日も、相変わらずのギリギリ登校だった。

　眠そうな顔で教室に入ってくる。

　だけどよく見るとその手には、昨日私があげたリストバ
ンドが付けられていて。

　思わずドキッとしてしまった私。

「え、歩斗そのリストバンド、どうしたの？」

　すると、同じくそれに気づいたクラスの男子がアユに声
をかける。

「どうしたって、べつに」

「うわー、なんかイニシャルまで入れてあんじゃん。なに、
もしかして女子からのプレゼントとか？　お前こういうの
つけるタイプだっけ？」

「うるせーよ、ほっとけ」

「誰からもらったんだよ～」

　アユはちょっと恥ずかしそうにしながらもスルー。

　そんな彼を見たら、なんだかすごくくすぐったい気持ち
になって、私は思わずアユの席まで駆け寄っていった。

　どうしよう。まさかさっそくつけてくれるなんて思わな
かった。

「あ、アユおはよう！　ねぇそれ……」

「ん？　あぁ、おはよ」

「つけてくれたの？　わざわざ」

　正直ものすごくうれしい。けど、照れくさい。

　プレゼント、喜んでくれたってことなのかな？

　だとしたら、自分史上最高に作った甲斐（かい）があるんだけど。

　するとアユは、クールな顔でうなずく。

「うん、つけるよ。もちろん」

「えっ」

「だってこれ、お前が俺のために作ったんだろ？」

　そう聞かれると、すごく恥ずかしいけど。

「う、うん」

「だったら、大事にするに決まってんじゃん」

　サラッと言われたその言葉に、ギュッと胸を掴まれたような気がした。

　やだ、そんなこと言われたら、感激しちゃうんだけど。

　アユってこんなに素直だったっけ？

　うれしさと恥ずかしさで、顔がかぁっと熱くなる。

　アユも言ったあと、目をそらして少し赤くなってる。

　そんなアユを見ていたら、思わず口からこぼれた。

「あ、ありがと」

　アユはまだ横を向いたままで、こっちを向かないけど。

　私はなんだか胸がいっぱいで、どうしようもない気持ち。

　意外にもストレートな彼に、ドキドキしてしまった。

俺が教えてやるよ

「絵里はさぁ、夏休みどっか行くの？　政輝と」

　６月下旬。私の頭の中はすでに夏休みモードだった。

　夏休みにはあそこに行こうとか、これをやろうとか、そんなことばっかり。

「もちろん行くよー。花火大会でしょ、祭りでしょ、プールも行くし……８月には軽井沢にある政輝パパの別荘にも行く。初の旅行かも」

「ウソッ！」

　だけど、絵里の話を聞いて絶句した。

　うわぁ、なんかすっごいリア充だなぁ。

「えーっ、旅行とか行っちゃうんだ！　いいなー、別荘とか。うらやましすぎる」

「まぁ政輝は、家がムダに金持ちだからね」

「いいな〜。彼氏と花火とか、プールとか。浴衣も水着も着たいけど、あんなのもはやカップルのためにあるよね」

　そうだ。どうしてこんなにキラキラして見えるかって、彼氏がいるからだ。

　彼氏持ちだと、なんでこんなにイベント盛りだくさんなんだろう。

「だったら美優は、歩斗と行けばいいじゃん」

「えっ！」

　なにを言いだすかと思えば。

「な、なに言ってんの？　アユとプールなんて行くわけな
いじゃん。なにが楽しくて、わざわざこの貧乳をさらしに」
「いや、プールは行かなくてもいいけど、花火は？　花火
大会くらい一緒に行ってあげれば？　私は一緒に行ってあ
げないよー。今年は」

　なんて、なぜかちょっとイジワルな絵里。

「いっ、行かないよっ！　誘われてないし。それにもしか
したらクラスの子と行くかもしれないから、今年は。だか
ら、絵里は政輝とごゆっくり」
「えー、なんだ。つまんなぁい」

　そう。アユとはそのあともいつもどおり一緒に帰ったり
してるけど、べつにまだ付き合ってるわけじゃないんだし
さ……。

　だから、いくら夏がカップルのイベント盛りだくさんだ
ろうと、私には関係ない。

　絵里みたいに充実した夏休みは、送れそうにないよ〜。

　昼休みが終わって教室に戻ると、仲良しのアオちゃんに
肩を叩かれた。
「やばい美優、今日テスト範囲発表だって。さっきうしろ
の壁に貼りだされてたよ」

　……ウソッ。

　げげげ、忘れてた。

　私ったら、なにが夏休みだよ。再来週からテスト期間な
んだった。

またこの時期がやって来ちゃったよ～。

5時間目はしかも、大嫌いな数学。

天敵の山田先生、通称山田Tが鋭い目をギラつかせながら教卓を叩く。

この先生、教え方はうまいんだけど、見た目はどこからどう見たってヤ●ザにしか見えない。しゃべり方だってほら。

「お前らァ～、覚悟しとけよ。今度の期末、赤点取ったやつは7月の夏休み全部補習だからな。俺が教えてるからには、まさか取るやつはいないと思うが。なぁ、石田ァ？」

ひぃぃっ!!

みんなの前で、名指しで呼ばれてしまった。

いや、たしかに私、中間で赤点取ったけど。

でもだからって、補習？　そんなの聞いてない！

ヘタしたら夏休みが台なしになっちゃうよ。

どうしよう……。

「あーもう、これは美優は花火大会行けないね～」

「7月は補習生活か。ドンマイ」

帰り道、久しぶりに4人で帰ってたら、絵里と政輝にさっそくイジられた。

ふたりとも私が数学で赤点取るって決めつけてるし。ひどい……。

「嫌だよ～、そんなの。頑張るもん！　できるかぎりの努力はするよ」

「ホントかよ。とか言ってお前、また変な恋愛ゲームやっ
たり、マンガ読んで終わるんだろ」

　アユまで信用してない。

「ち、違うよっ。今回はちゃんとやるから！」

　たしかに中間の時はテスト勉強をサボりすぎちゃったけ
ど、今回はちゃんと頑張ろうと思う。補習なんて嫌だし。

「あんまり順位下がったら、今度こそカテキョつけられる
んじゃなかったっけ？　美優」

　って、そういえばそうだった。

　絵里に言われて思い出したけど、この前の中間テストの
結果がひどかったから、お母さんに脅されたんだ。

　あんまり勉強しないんだったら、家庭教師つけるわよっ
て。

「カテキョなんて嫌だよ。山田Tみたいなのが来たら、ど
うしよう」

「いや、それはないでしょー。カテキョってだいたい、大
学生とかじゃない？　どうする？　すっごいイケメンが来
たら。逆にやる気出るかもよ」

「えぇっ!?」

　絵里はちょっとニヤニヤしながら言う。

「だってうちのお姉ちゃんの高校時代のカテキョ、すごい
イケメンだったよ。まぁ、彼女持ちだったけど」

　そうなんだ。イケメンなカテキョ……うーん。

　でも、そんなよく知らない男の人とふたりきりで勉強す
るとか、ちょっとなぁ。

　今井先輩との件があってから、そういうのは少し怖いと思ってしまう自分がいて。

「で、でもっ、部屋でふたりきりでしょ？　初対面の男の人とふたりきりとか、ちょっと緊張する……」

「とかいって、『恋ドキ』の悠馬みたいな人が来たらどうする〜？」

「えぇっ！」

　──ビシッ。

　そしたら次の瞬間、なぜかアユに頭を叩かれた。

「いたっ。なにすんの！」

「必要ねぇよ」

「え？」

　なにそれ。なんでアユがそんなこと言うんだろう。

　なんて思ってたら、右肩にポンと手を置かれて。

「俺が教えてやる」

　……はい？

「美優の勉強は俺が教えるから。だからカテキョなんて、いらねーっつってんだよ」

　まさかの発言に驚いて、目をぱちくりさせる私。

　だけどそんな私とアユを、絵里たちがうしろでニヤニヤしながら見ていた。

　え、ちょっと待って。アユったら急にどうしたのかな。

　それになんで笑ってるの？　ふたりとも。

　ねぇ。

　そして、『俺が絶対赤点取らせねーから』との言葉のもと、私はこのテスト前の期間、毎日アユに数学を教えてもらうことになった。

　アユは私と違って毎回学年10位以内に入ってる秀才だし、とくに数学は人一倍できるし。

　だから今日の放課後はアユの家に行って、一緒に勉強する予定。

　でも、それを絵里に話したら。

「ふふふ。歩斗って意外と独占欲強いんだね〜。っていうか、わかりやすくてかわいいんだけど」

「えっ？　独占欲!?」

　なぜか冷やかしのオンパレード。

　ニヤニヤしっぱなしで、完全におもしろがってる感じだし。

「だから〜、美優がほかの男に勉強教わるのが嫌なんでしょ？　独占欲丸出しじゃん。今までだって仕方ないような顔しながら、ホントは美優に勉強教えて〜って頼られるのがうれしかったんだよ」

「そ、そうなの？」

　最近の絵里はホント、こんなことばっかり言ってくるんだから。勘弁してよ。

「歩斗ははっきり口に出さないだけで、美優にベタ惚れだから。よかったねぇ、愛されてて」

「なっ……！」

　いやいや、私だってアユがだんだんあからさまな態度を

取るようになったのは、気づいてるけど。

　だからって、ベタ惚れだなんて言われるとやっぱり恥ずかしい。

「でも、さっそく告られた男の部屋に行く美優もまた、大胆<ruby>だい</ruby>だよね」

　するといきなり、絵里がニヤニヤしながらそんなことを言いだして。

「えっ!?　だ、大胆？」

「いやー、歩斗はまさか今井先輩みたいなことはしないと思うけど。でも好きな子と部屋でふたりきりだもんね。あとでどうだったか報告ヨロシク」

「なっ、なにそれ！」

　どうしよう。そんなこと言われたら、変に意識しちゃうんだけど。

　でもアユの部屋には、今までも何度か行ったことがあるし、一緒に勉強するのもいつものことだし。

　今井先輩とのことがあってから、今までより男の人を警戒するようになってたけど、アユのことはそんなふうに思ったことなかったから。

　でも、絵里に言われたらなんか緊張してきちゃった。

「あははっ。美優赤くなってる〜」

「だって、絵里が変なこと言うからっ」

「まぁ大丈夫だよ、歩斗なら」

「だ、だよね。あくまで勉強しにいくんだから！　なにもないよっ」

「わかんないけどね〜」

「ちょっと絵里……！」

　——そして迎えた放課後。

　お互い電車通学の私たちは、いつものように学校の最寄駅から電車に乗って、アユの家の最寄駅で降りた。

　私とアユは中学は違うけど、家はそんなに遠くない。

　家と家を自転車で行き来できるくらいの距離で、私の家はアユより１駅先にある。

　アユの家は静かな住宅街の中の一軒家で、けっこう立派なお家。

　お父さんは大企業にお勤めのエリートで、現在海外赴任中らしく、いまだに私は会ったことがない。

「おじゃましまーす」

　靴を脱いで玄関から中に上がると、家の中は暗くて人の気配がなかった。

「あれ？　誰もいない？」

「うん。母さんは仕事だし、姉貴も最近帰ってこねぇから」

「そ、そっかぁ」

　アユのお姉さんは有名大学の学生で、超美人さん。

　だけど最近は彼氏の家に泊まることが多く、あまり帰ってこないんだとか。

　ふたりきりかぁ……なんて思いながら、アユの部屋へ。

　絵里が変なことを言うから、ちょっとだけ意識してしまった。

　だけどべつに、いつもどおりにしてればいいよね。勉強を教えてもらうだけなんだし。

　アユの部屋は相変わらず片づいていて、あまり余計なものがなかった。

　あるものといえば、棚に小説や参考書などの本がたくさん並んでるくらい。

　本をたくさん読んじゃうあたり、私とは違うなぁって思う。

　私なんて、本はマンガしか読まないし。

　部屋の真ん中にあるテーブルにふたり向かい合って座ると、さっそく勉強道具を広げた。

　数学の教科書に問題集、見ただけでため息が出ちゃいそう。

「えっと……じゃあ、よろしくお願いします」

　おとなしく正座して、とりあえず頭を下げてみた。

　するとアユがなぜか立ち上がって。

「てか、なんでお前そっち座んの？」

　私の隣に座りなおしてきた。

「あ、ごめん」

「教えらんねーだろ」

　しかも、なんかすごく近くて。

　ちょっとドキドキする……。

　そんな私の顔を、じっと覗き込んでくるアユ。

「で、どこがわかんねーの？」

　そう尋ねる顔はやっぱりすごく整っていて、思わずじっ

と見てしまった。

　長いまつ毛に、切れ長の瞳。薄くて上品な唇。

　こうやって見るとやっぱり、アユはイケメンだ。

　今さらだけど……。

「おい」

　でも私がそんな感じでぼーっと見ていたら、コツンと頭を叩かれた。

「なにジロジロ見てんだよ。話聞いてんのか」

「あっ、ごめん。つい……。あはは」

「マジメにやれよ」

　なんて言いながらその顔は、少し赤い。

　もしかして、照れたのかな？

　こうやってたまに照れるところは、ちょっとかわいいなって思う。

　アユは口が悪いけど、なんか憎めないところがあるんだよなぁ。

「じゃあ、まずこの問題から」

　アユはなんだかんだブツブツ言いながらも、丁寧に教えてくれた。

　授業の内容をいまひとつ理解できていなかった私は、テスト範囲ほぼ一からやり直しだ。

　そんな飲み込みが悪い私相手にもかかわらず、アユは根気よく説明してくれて、おかげで基本的なところはかなり理解できるようになった。

　ヘタしたら、山田Tよりも教えるのうまいかも。

　同級生なのに、どうしてこんなにも違うのかな。

　教えてもらいながら、その頭のよさに感心してしまった。

　おまけに字もきれいだし、スポーツだって万能だし。そのうえイケメンでスタイルもいいとか、非の打ちどころがないよ。

　アユはこんなに完璧なのに、どうして私なんかのことが好きなんだろう？

　１時間くらい勉強したところで、早くも力つきて休憩になった。

「あー、疲れた！　もうダメ」

　倒れるように、机に突っ伏す私。

　そんな私の頭をぽんと叩くアユ。

「俺のほうが疲れたわ」

「あははっ、そうだね。ありがと。ごめんねバカで」

　だけど嫌そうにするわけでもなく、呆れたような顔をしながらも笑ってくれる。

　その表情が、なんだかすごく優しく見えた。

　アユのこういう顔、好きだったりして……。

　なんだかんだ面倒見がいいんだよなぁ。

「はー、休憩休憩」

　そう言いながら、何かマンガでも読ませてもらおうかなと思って、本棚に目をやる。

　だけどその時、ふとその場から移動しようとしたら、うっかり隣にいたアユの足につまずいてしまった。

「わっ！　ごめ……っ」

　──ドサッ！

　軽くアユを押し倒すみたいにして、彼によりかかる私。

　アユはそんな私を支えてくれたけど。

「……っバカ。なにしてんだよ」

　なんだかすごく密着してしまった。

　なにこの体勢。近いよ……。

「ご、ごめんね。ついうっかり」

　だけど、慌てて離れようとしたら、なぜかグイッと体を引きよせられて。

　えっ……。

「ちょっ、アユ!?」

　そのままアユの腕の中に閉じこめられた。

　ま、待って。アユったら、急にどうしたの？

　絵里の言葉が再びよみがえる。

『好きな子と部屋でふたりきりだもんね』

　いやいや、まさか。

　アユがそんな変なこと考えるわけがないよね。

　でも、この状況って。

「アユ、う、うごけないよ……」

　私がドキドキしながら小さな声で口にしたら、アユはさらにギュッと腕の力を強める。

「美優が悪いんだろ」

「えっ？」

「さっきからジッと見てきたりとか、いきなりくっついて

きたりとか、人の気も知らねぇで」

「なっ……」

　なにそれ。どういう意味？

　っていうか、今のはわざとじゃ……。

「お前、危機感とかねぇの？」

　アユはそう口にするなりそっと顔を上げ、私をまっすぐ見下ろす。

　そしてなにを思ったのか、そのままゆっくりと顔を近づけてきた。

　えっ、ちょっと待って。

　ウソでしょ。これってまさか……。

　いやいやいや、ダメっ！

　——ゴツン！

「いたっ!!」

　だけど、当たったのは彼の額で。

「あんま心臓に悪いことすんな。アホ」

　アユはそうつぶやくと、やっと私を解放してくれた。

「ご、ごめん……」

　うぅ、焦った〜。

　バカだなぁ。私ったらなに勘違いしてるんだろう。

　キスされるかと思った。

「はぁ……」

　アユはそんな私を見て、深くため息をついてたけど。

　よく見るとその顔はすごく赤くなっていて、私まですごく恥ずかしくなってしまった。

　たぶん、私の顔も今真っ赤だと思う。

　アユがいきなり抱きしめたりするから。それに、変なこと言うから。

　めちゃくちゃドキドキしたじゃん、もう……。

【歩斗side】

　ダメだ。全然勉強どころじゃねぇ。

　美優と部屋でふたりきり。自分から勉強を教えてやるとは言ったものの、美優がさっきから変にドキドキさせるようなことばかりしてくるから、俺はだんだんと冷静さを失いそうになっていた。

　それに、俺がさっき抱きしめたら美優のやつ、顔を真っ赤にして照れてたし。

　そんな反応されたらますます期待するし、意識してほしくなる。

　マジであのままキスすればよかったかな。

　そもそも、こんなふうに部屋で隣り合わせに座ってる時点で、平気でなんかいられないし。

　だけど美優はいつの間にかケロッとした顔で、今度はテレビをつけはじめた。

「あ、恋ドキの特集やってる！」

　すると、たまたまつけたチャンネルで、恋愛ドラマのダイジェスト特集みたいなやつが放送されていて。

　それを見た美優がうれしそうに声をあげる。

「わぁっ！　悠馬くんのこのシーン、めちゃくちゃ好きなの！」

「はぁ？」

　何かと思って見てみたら、同居してる男女ふたりがソファに腰かけながら話しているシーンで。

　次の瞬間、男が彼女の肩を抱き寄せたかと思うと、いきなり耳にキスをした。
「きゃーっ！　今のやばい!!　最高……！」
　そんな美優を見て、思わず眉をひそめる俺。
　最高って……今のが？
　それはなに、自分もそういうことされたいって意味？
　っていうか、こういうドラマのイケメンにはドキドキすんのかよ。
「ねぇアユ、今の見た？」
「見たけど」
「超ドキドキしなかった？」
「はぁ……そうか？　恥ずかしくて見てらんねーんだけど、俺」
　俺がそう言って呆れたような顔をすると、美優はウキウキしたような顔で語り始める。
「でも、こういうの、憧れちゃうじゃん。めちゃくちゃ愛されてる感じがして」
　……ふーん。めちゃくちゃ愛されてる、ねぇ。
　それを聞いて、俺の中にふと、魔が差した。
「へぇ。美優はこういうことされたいんだ」
「へへへ、うん」
　あっさりとうなずいた美優のほうへと近づき、その華奢な肩を自分のほうへとギュッと抱き寄せる。
　そして、さっきのドラマのように、彼女の耳に優しくチュッと口づけてみせて。

「……っ！」

　その瞬間、ビクッと体を反応させる美優。

　そしてすぐに俺のほうを振り向いたかと思うと。

「ちょ、ちょっとアユ!?　なにして……っ」

　真っ赤な顔でそう言ったので、俺はしれっとこう答えた。

「だって美優、今言ってたじゃん。あんなふうに愛されたいって」

「そ、それはそうだけど……っ」

「だったら俺がそれ全部、叶えてやるけど」

　そう言って俺が美優をまっすぐ見つめると、さらに顔を赤くして、うろたえる彼女。

「えっ……？　やだアユ、何言ってんの。冗談……」

「冗談じゃねぇし」

　ギュッと美優の手首を掴み、顔を覗き込む。

「俺のこと見ろよ、ちゃんと」

「……っ」

　美優は恥ずかしいのか、目を合わせようとしない。

　だけど俺はもう、何も隠す必要なんてない。

　それどころか、もっとはっきりわからせてやりたいって思ってる。

「なぁ、美優ってさ……」

「な、なに？」

「俺がどれだけお前のこと好きか、わかってねぇだろ」

　俺がそう言ってさらに顔を近づけると、美優はうつむいたまま言葉を濁して。

「え、えっと……あのっ……」

　その顔は、茹でダコのように真っ赤だ。

　愛されたいとか言ってるわりに、いざ俺がストレートに気持ちを伝えると、こうやってはぐらかされる。

　でも、そんなふうに照れてるってことは、まんざらでもないんじゃねぇのって思うんだけど、違うの?

　もっと俺のこと意識して、俺のことしか考えられなくなればいいのに。

　そのまま困った顔で黙りこくってしまった美優。

　だけど次の瞬間、グゥ……とどこからか間抜けな音が聞こえてきて。

「え?」

　おそらくそれは、美優のお腹が鳴った音で。

　美優はハッとした様子で顔を上げると、真っ赤な顔で謝ってきた。

「わ、や、やだっ!　ごめんっ。ついお腹が……」

　思わず苦笑いする俺。

　いや、べつにいいけど。

　でもなんか今、大事な話を思いきりスルーされたような気がすんのは、考えすぎ?

「何お前、腹減ってんの?」

「う、うん。勉強したらお腹すいちゃって……」

　だけど、そんなふうにテヘッと笑う美優もやっぱりかわいくて、憎めない自分がいる。

　仕方ねぇな。ほんと。

　結局いつもこうなるんだよな。
「わかったよ。何か食うもん持ってくる」
　だから俺はそう言ってその場から立ち上がると、部屋を
出て食べ物を取りに行くことにした。

【美優side】

　ドキドキ。ドキドキ。

　アユに触れられた肩が、手が、そしてアユの唇が触れた耳が、まだ熱い。

　だってまさか、あんなふうにされるなんて思ってもみなかったから。

　それに、あんなはっきり好きとか言われるなんて……。

　ほんとにアユは、どうしちゃったんだろう。

　こんなに積極的だったっけ？

　今までは、アユとふたりきりでいても、とくに意識することなんてなかったけど、今日はドキドキしっぱなしで心臓が持たない。

　ただの友達だったころとは、やっぱり何かが違って。

　少なくとも、アユのことを男として意識し始めてしまったことだけは、確かだった。

　すると、その時アユがお菓子や飲み物を持って部屋へと戻ってきて。

「ほら、持ってきたぞ。美優の好きな甘いやつ」

「わぁ、ありがとう！」

　まだ少し心臓がうるさかったけど、甘いお菓子を食べて、冷たいコーヒーを飲んだら、ようやく気持ちが落ち着いてくる。

　でも、さっきのせいか、やっぱりちょっと照れくさくて、何を話そうか迷っていたら、ふとあることを聞いてみたく

なった。

「ね、ねぇ、アユってさぁ……」

「ん？」

「私のどこをそんな、好きになってくれたの？」

　おそるおそるアユの顔を見上げる。

　いきなりそんなことを聞いたものだから、アユは驚いた顔をしてたけど。

「えっ。どこって……」

「だって私、アユみたいに頭よくないし、美人でもないし、色気もないし、なんていうか、普通じゃん？　そんな私のどこがいいのかなって。アユなんてモテるんだから、女の子選び放題なのにって思って」

　自分からこんなことを聞くのは恥ずかしかったけれど、ずっと気になってたから。

　アユは正直、私にはもったいないくらいの人だと思う。

　だから、どうしてなのかなって。

　私のどこをアユは好きになってくれたんだろう。聞いてみたいよ。

　するとアユは少し考えたように黙ったかと思うと、静かに口を開いた。

「どこって言われても、いろいろあるけど」

　いろいろ？

「まぁ、ひと言でいえば、居心地いいからだろ」

「えっ……」

「お前といるのが、一番居心地いいから」

　──ドキン。

　どうしよう。まさか、こんなマジメに答えてくれるなんて。

　居心地いいって、こんなにうれしい言葉はほかにないかもしれない。

「そ、そっか。ありがとう」

「それに……」

　アユは続ける。

「美優は自分のこと普通だと思ってるかもしんねーけど、俺にとってはそうじゃねぇし、特別だから」

　……え？

「選び放題とか言うなよ。言っとくけど、俺はお前に好きになってもらえねーと、意味ねぇんだからな」

　アユは少し顔を赤らめながら、私をじっと見つめる。

　私はそんなふうに言われたら、なんだか胸がいっぱいで。

　アユのまっすぐな気持ちが、どうしようもなくうれしかった。

　だって、"特別"なんて言葉、初めて言われたかもしれない。

　アユにとって私は、特別なんだ。

　あんなにモテてチヤホヤされてるのに、私だけを特別だって思ってくれてるの？

　なんだかそこまで言われたら、心が揺れてしまう。

　今までずっと、友達として好きだって思ってたけど。

　いつもクールでイジワルだった彼が、こんなにはっきり

と気持ちを伝えてくれるようになるなんて。

　そしてそれが、こんなにうれしいなんて思ってもみなかったよ。

　ドキドキして、胸の奥が熱い。

　どうしてかな。

　私がそのまま返す言葉に詰まっていると、アユはそこでいきなり自分のスマホを手に取って、その画面をこちらに見せてきた。

「つーわけで、コレ」

「えっ？」

「赤点まぬがれたら付き合えよ。一緒に行きたいんだけど。ふたりで」

　そこに載っていたのはなんと、花火の写真。

〝第32回○△花火大会　７月×日金曜日〟

　これって……。

「花火大会？」

「そう。だから俺は、お前に赤点取られたら困るんだよ」

　ウソ。じゃあ、最初からそのつもりだったのかな？

「だから、勉強教えてくれるって言ったの？」

「んー、まぁ、半分はそう」

　半分？

「それより、お前はどうすんの？　嫌ならべつにいいけど」

　アユはテーブルに肘をついて、まばたきひとつせずに私を見つめてくる。

　でも、そんなの嫌なわけがない。

　というか、私も花火大会にいきたいな。アユと。
「い、行く！　っていうか、行きたいっ」
　私がそう答えると、アユはうれしそうにクスッと笑った。
「じゃあ勉強頑張れよ。お前がちゃんと点取らないと、行けねぇからな」
「わかってる！　ちゃんと頑張るからっ。だから明日からもよろしくお願いします！」
　ぺこりと小さく頭を下げたら、ポンと片手を置かれて。
「わかった。じゃあ約束な」
　そう言って見下ろすアユの顔がすごく優しくて、なぜか胸の奥がキュンとなる。
　なにこれ、変な感じ。
　さっきから私、アユにドキドキしてばっかりだ。
　もしかしてこれが、恋のはじまりだったりするのかな？
　もしも本当にアユを好きになったら、アユと付き合ったら……毎日がどんなふうに変わるんだろう。
　私たちは、どんなふうに変わるんだろう。
　目の前にいるアユを見つめながら、いつの間にかそんなことを想像してしまっている自分がいて、なんだかおかしかった。

俺やっぱお前のこと好きだわ

　それから私は毎日のように、放課後アユの家に行ったり、図書室で一緒に残ったりして、数学を教えてもらった。

　おかげでこんなおバカな私でも、だいぶ問題が解けるようになって、「今度こそ、赤点取らなくても済むかも！」なんて希望が見えてきた。

　だけど、テスト初日を翌日に控えたある日の、朝のHRでのこと。

　担任の藤セン（ふじ）が眼鏡をいじりながら出席を取っていると、

「渡瀬」

　まさかの返事がなくて。

「おお、そうだ。渡瀬は熱で休みだったな。まぁ、あいつのことだから、１日休んだくらいでどうってことないだろう。みんなも体調管理には気をつけろよー」

　どうやらアユは休みのようで、ドキッとしてしまった。

　珍しいな。アユが学校を休むなんて……。

　しかもテスト前日に休むとか、大丈夫なのかな？

　ちょっと心配だよ。

　でも思い返せば昨日、図書室でやたら冷房（れいぼう）が寒いとか眠いとか言ってたような。

　なんだか急に、罪悪感のようなものがわいてくる。

　もしかして、私が毎日勉強に付き合わせて無理させ

ちゃったせい？

　それとも、私に勉強を教えて時間をとられたせいで、自分の勉強をする時間が減って、夜ふかししちゃったとか？

　マジメなアユならありえるよね。

　どちらにしろ、私のせいでアユが無理をしてしまったんじゃないかという気がして、申し訳なくなってきた。

　明日も休みとかだったら、大変だよ。

　追試でも、アユならどうにかなるんだろうけど。

　熱ってどのくらい出たんだろう？　お見舞いに行ってみようかな。

　いや、でも明日テストだし……。

　そんなことをあれこれ考えながら、とりあえずアユにメッセージを送ってみる。

【熱出したんだって？　大丈夫？　ごめんね。私が毎日付き合わせちゃったせいかも】

　だけど昼休みになっても返事はなくて、既読の表示すらつかない。

　なんだかすごく嫌な予感……。

　アユのお母さんは仕事があるから、たぶん家には誰もいないよね？　お姉さんもきっといないし。

　ひとりで大丈夫なのかな？

　メッセージも見てないみたいだし、倒れてたらどうしようって心配だよ。

「え、歩斗？　俺も送ったけど返事ないわ。大丈夫かな、

あいつ。明日テストなのに」

　昼休み、政輝に聞いてみたら、政輝にも返事が返ってきていないようだった。

　ますますアユが心配になる私。

「どうしよう。やっぱり私のせいで風邪ひいちゃったのかも。私が毎日勉強に付き合わせちゃったから……」

「いや、べつにそうとはかぎらないんじゃん」

「でも、アユ絶対疲れてたと思うし」

「あはは、大丈夫だよ。美優のためなら歩斗はそんなのどうってことないって」

　なんて、絵里はそんなふうに言うけれど。

「私、放課後お見舞いに行ってみようかな」

　そこで私が切り出したら、絵里たちは「えーっ？」と声を上げ、顔をしかめた。

「いや、いいと思うけど、大丈夫？　明日テストなんだよ？」

「そうそう。美優、この前も赤点取ってたし、今回だってやばいんだろ」

「そ、それはそうなんだけど……」

「せっかく歩斗が教えてくれて数学できるようになったのに、前日に勉強しなくていいの？　今日はやめといたほうがいいんじゃない？」

　だけど、やっぱりアユのことが放っておけない。

　テスト前日に家で寝込んでるアユを想像したら、なんだかかわいそうで。

「でも、大丈夫かな、アユ」

「あら、美優ったらどうしたの急に〜」

「ハハハ、そっか。まぁ、歩斗は喜ぶと思うけど」

　絵里たちにはテストの心配をされてしまったけれど、私はお世話になったアユのためにも、やっぱり放課後少しだけ様子を見に行ってみることにした。

　ちょっと顔を出してすぐに帰れば、いいよね。

　そんなこんなでアユの家にお見舞いに行くことにした私。

　放課後電車に乗ってアユの家の最寄駅で降りると、さっそく近くのコンビニで差し入れのデザートやスポーツドリンクを買った。

　アユの家は駅から10分ほどの距離なので、わりと近い。

　コンビニの袋を抱えながら、歩いて彼の家へと向かう。

　そして、見慣れた立派な一軒家の門の前まで来ると、インターホンを押して応答を待った。

　──ピーンポーン。

　だけど、一回押してもなにも反応はなくて。

　あれ？　もしかして寝てて気づかない？

　念のため、もう一回だけ。

　そこで2回目を押したら、やっとスピーカーから声が聞こえてきた。

「……はい」

　わぁ、アユだ。出てくれた。

　その声は心配していたとおり、かなりしんどそうで。

「あ、美優です。熱大丈夫？　あの、お見舞いに来たんだけど、カギ空いてるかな？」

アユはそれを聞くと数秒沈黙（ちんもく）して。それからボソッと何か言いかけたかと思ったら、モニターがいきなり切れた。

あれっ？　切れた。

心配になったので、門を開けて、玄関のドアの前まで行く。

どうしよう。やっぱり余計なお世話だったかな？

すると中から、ガチャッとカギを開ける音がした。

「美優？」

そこに現れたのは、ガラガラ声で、今にも倒れそうなアユの姿で。

「ちょ、ちょっと大丈夫!?　ごめん私、起こしちゃった？」

肩を上下に揺らし、うつろな目をしている彼は、思っていた以上に重症（じゅうしょう）みたいで、すごくつらそうだった。

「……っ、全然大丈夫じゃねぇよ。っていうかお前、明日テストだろ？　なにやってんだよ」

「なにって、お見舞いだよ。私に勉強教えたせいで、アユが疲れちゃったのかなと思って。それと、差し入れ買ってきたんだ。よかったら一緒に食べよう」

私がそう言ってコンビニの袋を手渡すと、アユは驚いた顔をする。

そして、少し困ったように眉をひそめると。

「一緒にってお前、帰ったほうがいいんじゃねーの？　うつるぞ、風邪」

「あはは、大丈夫だよ。私、風邪なんて滅多にひかないし、ほら、バカは風邪ひかないって言うし。それより、早く部屋に戻ろう。病人は寝てなくちゃ！」

　そう言って、アユを家の中に押し返した。

　たしかにうつったら困るのは本当だけど、やつれた顔のアユを見たら、そのまますぐ帰る気にはなれなくて。

　どうしても放っておけない自分がいる。

　だって、私が困ってる時はいつも、助けてもらってるから。

　アユが弱ってる時くらい、少しは何かしてあげられないかなって思っちゃうよ。

「あ、アユはゆっくり横になっててね」

　部屋に入るなり、私はキョロキョロあたりを見回して、何か手伝えることを探した。

　どうやらホントにしんどかったのか、いつも片づいている部屋に、脱ぎ捨てた服や勉強道具が散らかっている。

　私はとりあえず、せっせとそれらを片づける。

「おい、なにやってんだよ。べつに大丈夫だから」

　アユにはそう言われてしまったけど、放っておけなかった。

　ひととおり部屋をきれいにしたあとで、アユに声をかける。

「よし、片づけ完了！　じゃあデザート食べよ。アユの好きな黒ごまプリンも買ってきたよ」

　そして、コンビニの袋からいろいろ取りだして。

「あ、これはスポドリね。これはクスリ用のミネラルウォーターで」

「どんだけ買ったんだよ……」

「冷却シートも貼るね。おでこ出して」

「えっ？」

　ベッドに横たわるアユの額に、買ってきた冷却シートを貼りつけた。

　触れてみると、その額はかなり熱い。

　これはけっこう熱あるかも。

「熱、何度あったの？」

「39度」

「うわ、高っ！」

　そりゃスマホを見る気にもならないよね、なんてちょっと気の毒になった。

　アユは苦しそうに息をして、横たわりながらこちらを見ている。

　冷却シートを貼りつけたその姿は、いつもよりずっと弱って見えて、やっぱり心配になる。

「こんなに熱があったら、大変だったよね。誰もいなかったんでしょ？」

「まぁな。親は仕事だし。でもまさか美優が来るとは思わなかったけど。しかもひとりで」

「だって、さんざんお世話になったし……。それに、私のせいで疲れて熱出したのかと思っちゃったんだもん。だか

ら心配になって、つい」

　そう答えると、アユは少し目を見開いて、それからまた細めた。

「心配って？　俺が？」

「え、うん」

　うなずくと、布団の中から手が伸びてくる。

　そしてふと、私の腕をつかまえた。

　その手がすごく熱くて。

「……手」

「えっ？」

「手、貸せよ」

　なぜか手を貸せと言われてしまい、言われるがまま手を差し出す私。

　そしたらその手をギュッと握られて。

　……わっ。

「冷たくて……気持ちいい」

　そう言いながら私の手を、自分の頬に当てるアユ。

　ひゃ〜っ！　なにしてるのっ。

「あ、アユが熱いんだよっ」

　照れながらそう答えたら、ふふっと笑われた。

　目が合って。

　熱のせいか潤んだような瞳で見つめられると、ドキッとする。

　弱ってるアユはなんだか、いつもと違う感じがするし。

　変な感じ。恥ずかしい……。

　するとアユは、ゆっくりと体を私のほうに向けた。

　そして、視線を握った手のほうに移して。

「でもまぁ、ありがとな」

　かすれた声でつぶやく。

「うれしかった。美優が来てくれて……」

　──ドキン。

　なんだかいつもより素直な気がするのは、熱のせいかな？

　握られた手から伝染するかのように、アユの体温が伝わってきて、熱い。

　胸の奥まで熱くなっていくような気がする。

「ううん、べつに。帰り道だし。倒れてなくてよかったよ」

　うれしそうにしているアユを見たら、やっぱり来てよかったなって思った。

　ただのお見舞いで、こんなに喜んでもらえるなんて。

　アユの手の感触が、素直な言動が、またわけもなく私をドキドキさせる。

　いつからこんなふうになったのかな？

　やっぱり意識せずにはいられないよ。

　それからふたりで、買ってきた黒ごまプリンを食べて。

　アユはいつもすごくおいしそうに食べるのに、今日は味がよくわからないみたいで、少しかわいそうだった。

　だけど朝からほとんどなにも食べてないって言うから、何か食べられただけでも、よかったなって。

　心なしか、来た時よりも元気になっている気がして、ホッとした。

「ちょっとトイレ」

　食べ終わって薬を飲んだあと、アユはふとベッドから立ち上がった。

「あ、大丈夫？　歩ける？　ひとりで行ける？」

「ひとりで行けるって、ガキじゃねーよ。大丈夫だから」

「あ……ですよね」

　なんか変なところ突っ込んじゃった。

　だけど少し心配。フラフラしてるんだもん。

　アユはのっそりと、おぼつかない足取りで部屋を出ていく。

　だから私はひとりで彼が戻ってくるのを待った。

　なんだかここにいると、テストのことなんて忘れちゃいそう。

　今日はもう、夜ふかししてでもテスト勉強するしかないなぁ。

　合間に少しでも勉強をと思い、しばらく英単語帳を見ながら待ってたら、いつの間にかずいぶんページが進んでいて、ふと手が止まった。

　あれ？

　そういえばアユ、戻ってこない。

　トイレにこもってるわけないよね？

　まさか倒れてる？

　やけに遅いような気がして、だんだんと不安になってき

た。

　ちょっと見にいってみよう。大丈夫かな。

　不安になって廊下に出てみると、アユの姿は見当たらなくて。

　トイレの前まで歩いてく。

　電気が消えているのを見て、まさかとは思ったけど、いちおうノックしてみた。

　——コンコン。

　だけど、返事はない。

　さすがにトイレで寝てたりなんてしないよね。

　そう思って今度は洗面所まで行ってみた。

　アユの家には、２階にも洗面所がある。

　そこで電気がついてるのを見つけて、いた！　なんて思ったのもつかの間。

「わぁっ！」

　思わず声を上げてしまった。

　だって、そこには苦しそうに息をしながら座りこんで寝ているアユの姿があったから。

「だ、大丈夫っ!?　なにやってんの!?」

　慌てて自分もしゃがみこんで声をかける。

　そしたらアユは、目を覚ましたようだった。

「ん？　あぁ、美優」

「ちょっと！　戻ってこないと思ったら、寝ちゃってたの？こんなとこで」

　いくらフラフラしてたとはいえ、まさか座りこんで寝

ちゃうとは思わなかった。

「ち、ちげーよ。ちょっと休憩してたんだよ」

アユは眠そうな顔で答える。

いやいや、休憩なんてそんなわけないでしょって突っ込みたかったけど、アユらしくない言いわけにちょっと笑ってしまった。

いつもシッカリしていて抜け目がないアユが、手がかかる子どもみたいに見える。

なんだか微笑ましいというか、かわいいというか。

仕方ないなぁって、ちょっと保護者みたいな気分になってしまった。

「ダメだよ。休憩するならベッドでね。はい、立って」

両手をグイッと引っぱり上げてアユを立たせる。

「よいしょ。ほら、部屋に戻ろう」

アユの腕を肩に担ぐようにして、二人三脚みたいに歩きだす私。

すると、アユは恥ずかしいのか遠慮して、

「いや、大丈夫だから。離せよ。自分で歩ける」

腕を離そうとしたけど。

「だめー。酔っ払いみたいにフラフラしてた人が、なに言ってんの。私、意外と力持ちなんだって！」

私はそのまま強引に連れていった。

アユはまだなんかブツブツ言ってる。

「おい、美優」

「なに？」

「……俺、昨日から風呂入ってない」

「うん。そりゃ入ってないでしょ、こんな熱あったら」

「きたねぇぞ」

「えー？　こんな時になに言ってんの！　そんなこと気にしないよ、もうっ」

　なんだかおかしなことを気にしてるので、笑ってしまった。

　ホント、アユってカッコつけなのか、強がりっていうか。

　こういう時、素直に人に甘えられないんだから。

　べつに汚いなんて、そんなこと思うわけないのにね。

　それよりも、自分の体を心配してほしいよ。

「39度も熱ある人が余計なこと考えないの！　自分のことだけ考えてよね」

　私がそう言って笑ったら、アユはむうっと口を閉じた。

　そして、しみじみした顔で。

「美優って、意外と面倒見いいんだな」

　そんなこと、初めて言われたからものだからびっくりした。

　面倒見いい？　私が？

　私はただ弱ったアユがほっとけなくなっただけで、それを言うなら、アユのほうがよっぽど面倒見いいと思うけどな。

　いつもは私のほうが面倒見てもらってるもん。

　だから、たまにはお返ししないと、ね。

「ふふ。困った時はお互い様だよ」

　部屋に着くとすぐ、アユをベッドへと連れていった。

「はい、もう今度こそ寝ていいよ。おつかれさま」

　横を向いてベッドに座らせるようにして、ゆっくりと彼の体を降ろす。

　このままアユを寝かせたら、私もそろそろ帰らなきゃ。そんなことを思ってた。

　だけどその時急に、空いているほうの腕を掴まれて。

　——グイッ！

　思いきり引っぱられる。

　そしてそのまま勢いよく、アユと一緒にベッドに倒れ込んでしまった。

「……っ、きゃっ！」

　気がついたら、仰向けに寝るアユの胸に、顔をうずめるようにして覆いかぶさっていた私。

「ちょっ、ちょっと……！」

　慌てて起き上がろうとしたら、それを阻むかのように、ギュッと両腕で抱きしめられた。

　ひゃあっ！　なんで……。

　なんか、とんでもない体勢になってるし。

　っていうかなに？　アユは眠くてフラフラなんじゃなかったのかな？

「ねぇアユ、は、離して……っ。私、そろそろ帰らなくちゃっ」

　もぞもぞと腕の中でもがきながら訴える。

　だけど、返事はなくて。

　ドクンドクンと脈打つアユの心臓の音と、荒い吐息だけ

が私の耳に響いていた。

　背中に触れるアユの腕が、体が、すごく熱くて。

　それに包まれてる私の体まで、どんどん熱くなってくる。

　なにこれ。ドキドキして、頭が沸騰しそう……。

　すると、アユがボソッとつぶやいた。

「美優」

　かすれたような低い声で。

「な、なに……？」

「俺、やっぱお前のこと好きだわ」

　――ドキン。

　抱きしめたままいきなりそんなことを言うものだから、今度こそ心臓が破裂するかと思った。

　好きなんて言葉、はっきり口にされると、やっぱり恥ずかしい。

　それをアユが言うとなおさら。

　これって熱のせいなのかな。

　普段の彼よりもはるかにストレートで、ドキドキする。

「好きだ。美優……」

　アユはさらに手を私の頭のうしろに回し、頬を寄せるようにしてささやく。

　私はもう、彼の心臓の音と自分の心臓の音がうるさくて、なにも聞こえないくらい。

　もうダメ。

　これ以上、言わないで……。

「あ、あのっ……」

なんだか恥ずかしくて、耐えられなくなってきた。

「ありがと……っ。でもあの、そろそろ寝たほうがいいよ、今日は。ほら、明日テストだし……」

そうだ。明日テストだから、私も早く帰って勉強しなきゃ。

いつまでもここにいたらアユだって寝られないし、いいかげん帰らないと。

そう思って、今度こそ起き上がろうとした時。

「嫌だ。離したくねぇよ」

さらにギューッと強く抱きしめられて。

「なっ……！」

なに言ってるの？

どうしちゃったのかな、急に。

私が真っ赤な顔でうろたえていたら、途端にぐるっと体勢が反転して、いつの間にかベッドに押し倒されていた。

えっ……？

驚いてアユを見上げると、彼は頬を上気させながら、私をじっと見つめていて。

「帰したくない。このまま」

その色っぽい目つきに、ドキッと心臓が飛び跳ねる。

「あ、アユ……？」

ねぇ、ちょっと待って。これって一体。

そしたらそのままアユの顔がゆっくりとこちらへと近づいてきて、次の瞬間首筋にチュッとキスを落とされた。

「……やっ」

　思わず声が漏れる。

「ちょ、ちょっと待って。アユ……っ」

「無理。待てない」

　アユはそう言うと、私の手首をギュッと押さえ、今度は耳に口づけてきて。

「んっ」

　ビクッと体が跳ねて、またしても一気に心拍数が上がる。

　ど、どうしよう。

　アユったら、ほんとにどうしちゃったの。

　こんなアユ、私、知らない。

「ねぇアユ、ダメ……」

「美優、すげぇかわいい」

「やぁっ、待っ……」

「俺のことしか考えられなくなればいいのに」

「……っ」

　だけどアユは、そのまま何度も首元にキスを落としてきて。

　私は恥ずかしさのあまり、どんどん自分の体が火照っていくのがわかった。

　だって、アユにこんなことされるなんて。

　それがこんなにドキドキするなんて……。

　ドキドキしすぎて心臓がおかしくなりそう。

　やっぱりこれは、熱のせいなの？

　熱がアユをこんなふうにさせてるのかな？

　だけど、恥ずかしくてたまらないのに、それを本気で拒

むことができない。

　どうしてなんだろう。

　すると、アユのキスが、今度は胸元へと降りていって。

　え、待って！

「だ、ダメ……っ」

　どうしようと思った瞬間、彼は突然ぽすっと私の胸に顔をうずめた。

「ひゃっ」

　そしてなぜかそのままじっとして、動かなくなる。

　あ、あれ……？

　私に覆いかぶさったままじっとしているアユに、ドキドキしながら声をかける。

「ねぇ、あ、アユ……？」

　そしたらなんと、次の瞬間スースーと彼の寝息が聞こえてきた。

　え、ウソ……。寝ちゃった？

　まさか、このタイミングで寝るなんて。

　じゃあ今のはただ、寝ぼけてただけ？

　いや、それにしては大胆すぎるでしょ……！

　私は内心どこかホッとしながらも、やっぱりまだ心臓の鼓動がおさまらなくて。

　ついさっきまでのアユの姿を思い出したら、またしても赤面しそうになった。

　あぁもう、アユが急にあんなことするなんて。

　いつものアユじゃないみたいだった。

　いっぱいキスされたし、いっぱい好きって言われた。

　めちゃくちゃ恥ずかしかったけど、ものすごくドキドキした。

　でも、不思議……。

　私、アユに触れられるのは、嫌じゃないんだ。

　それどころか、どこかうれしいような心地いいような、そんな気持ちになっている自分がいて。

　今井先輩に押し倒された時は、あんなに怖かったのに。

　これってやっぱり、アユだからなのかな？

　アユが、特別だから……？

　いつの間にか自分の中で、アユの存在がどんどん大きくなっていたことだけは確かで。

　すやすやと寝息を立てる彼を見つめながら、思った。

　こんなにドキドキするのも、好きって言われてうれしいのも、私がアユに惹かれているからなのかな。

　ずっと気づかないフリをしてたけど私、やっぱり……アユのことを好きなのかも。

　好きになっちゃったのかもしれない……。

第3章

絶対手離すなよ

　数日後。
　テストは無事終わって、夏休み目前。
「よぉ。お前らさっそく夏休み気分みたいだけど、気ゆるんでる場合じゃねぇぞ。今日はお待ちかねのテストを返す」
「「えぇ〜〜っ!?」」
　１時間目の数学、山田Ｔの脅しの入ったような口調に、朝からクラス全体がどよめいた。
「この結果をしっかりと受け止めて、夏休みは復習に励む<ruby>励<rt>はげ</rt></ruby>ように！　なぁ？　石田」
　……ひぃぃっ！
　なぜか目をつけられちゃってる私は、うしろの席だっていうのに山田Ｔにまたしても名指しで呼ばれ。同時に嫌な予感がして、身震いした。
　も、もしかしてこれは……数学のテスト、ダメだった？
　またしても赤点？
　いやいや、でも今回は頑張ったもん。大丈夫だよね？
　ドキドキしながら、机の上で両手を合わせる。
　すると、あ行の私はすぐに名前を呼ばれた。
「次、石田」
「は、はいっ！」
　おそるおそる教卓の前へ。
　ドキドキドキドキ……。

　山田Tは私を見るなり、不敵な笑みを浮かべる。

　それがなんだかこわい。

「石田お前、どうしたんだ」

「えっ？」

「俺はなぁ、実に驚いた」

　そう言われて私がきょとんとしていると、山田Tはニ
ヤッと笑って私の頭に手をのせて。

「やればできるじゃねーかぁ！」

「ひゃあっ！」

　そしてそのまま、わしゃわしゃと髪をかき乱された。

　だけど、その瞬間ものすごくホッとする。

　これはつまり、赤点取らなかったってことだよね？

　このリアクションは！

「えっ、先生、もしや……」

「そのとおりだ。見ろ」

　ピラッと裏返されたその紙の裏には、信じられないよう
な数字が書いてあった。

　……ろ、60点!?　ウソッ！

　今まで最高34点の私が、60点も取れるなんて。

　これは、夢？

「えぇっ！　やったぁ！」

　うれしくて、思わず大声を上げてしまった。

　クラス中のみんなが注目する。

「いやぁ、なにがあったか知らねぇが、お前がバカじゃ
ねぇってことはよくわかった。これからも、この調子で頑

張れよ」

　いつもしかめっ面（つら）で脅しをかけてくる山田Ｔが、まさかこんなにも褒めてくれるなんて

　すごい、私。本当にやればできるんじゃない？

　これで夏休みはたっぷり遊べる！

　……って、結局これも全部、アユのおかげなんだけどね。感謝しなくちゃ。

　席に戻る途中、アユにピースして見せびらかしたら、アユもホッとしたように笑ってくれた。

　あのあとちゃんと風邪も治って、テストも無事に受けられたみたいだし、本当によかった。

　あの日の出来事を思い出すと、私は今でも赤面しそうになるけど、アユはとくにいつもどおりだから、どうやら覚えてなさそうだし……。

　きっとあれは、熱のせいだったんだね。そう思うことにしよう。

　来週からは、待ちに待った夏休み。

　花火大会、晴れるといいな……。

「お母さん、髪の毛どう？　変じゃない？　帯ずれてない？」

「大丈夫よ〜。ちゃんと着つけたから。髪もきれいになってるわよ」

　花火大会当日は雲ひとつない空で、とても蒸し暑かった。

　私は夕方からバタバタと支度中。

　勢いで買った新しい浴衣を出して、お母さんに着つけて
もらう。

「あっ、そういえば真由香ちゃんも、今日彼氏と花火行く
みたいよー」

「えっ！　真由香も？　そっかぁ。じゃあもしかしたらバッ
タリ会えるかな」

　そういえば最近、真由香と電話してなかったな。

「あんたもそろそろ彼氏のひとりくらい連れてきなさいよ
ね」

「……うっ。わかってるよ、もう」

　お母さんは最近、私に『彼氏はまだ？』とうるさい。

　『同い年の真由香ちゃんには、もう彼氏がいるのに』な
んて、あんな美少女と比べられてもね。

　でも、たしかに今までは浮いた話が何もなかった私だけ
ど、今年はちょっと違う。

　もしこのままアユと付き合うことになったら、初彼氏と
して紹介できるかもしれないわけだもんね。そしたらお母
さん、どんな顔するかな。

「うわー、姉ちゃん、なんでそんな気合い入ってんだよ。
彼氏いねーんだろ？　あ、もしかして男と約束？　どおり
でいつもより化粧濃いと……」

「啓太、うるさいっ！　私だってイベントの時くらいおしゃ
れしたいの。ほっといてよ！」

「ふーん。でもまぁ姉ちゃんに男できても、どうせたいし
たことねーか。しょせん姉ちゃんの相手だもんな」

「……っ、あんたねぇ！」

　中2の弟、啓太は生意気ざかりで、私がめずらしく着飾っているのをさっきからバカにする。

　ホントかわいくないんだから。

「あ、美優、もうすぐ時間よ！　啓太も！」

　だけどそんな姉弟ゲンカなんてしてる場合じゃなかった。

　気づいたら遅刻寸前で、慌てて玄関を飛び出す。

「それじゃ、行ってきます！」

「俺も〜。行ってきまーす」

　しかもなぜか、啓太と一緒に家を出ることに。

　生意気にも彼女がいる彼は、今日も彼女と花火を見るみたいで。

　5時に駅で待ち合わせというのも同じだったので、結局一緒に向かうことになってしまった。

　慣れない下駄（げた）で一歩一歩進みながら駅まで歩く。

　その隣で、なぜか歩調を合わせながら歩く啓太。

「ねぇ、なんであんた先行かないの？　彼女、待ってるんでしょ？」

　私が不思議に思って問いかけると、彼はポケットに手を突っ込みながら答えた。

「えーだって姉ちゃんの男、どんなのか見てみたいなと思って」

「えぇっ！」

　なにそれ。だから私について歩いてるの？

　まさかそこまで興味を持たれるとは思わなかった。
　でも、啓太は私の相手なんてたいしたことないって思ってるみたいだから、アユを見たらびっくりしちゃうかも。
　なにせアユはイケメンだからね。
　まぁ、まだ彼氏じゃないんだけど……。
　そう思うとなんだかますます楽しみで、顔が緩んでしまう自分がいた。

　駅に着くと人が大勢いて、誰がどこにいるのかわからないくらいざわざわしてた。
「うわっ、すげー人。いつもの５倍くらいいるじゃん」
「ホントだ。彼女大丈夫？　早く行かないと、今ごろナンパされてるかもよ」
「うーん、どうだろ。でも、俺より強いからなぁ、あいつ」
　すると、ふと目をやった先に、スマホを片手にイヤホンつけてるアユを発見。
　私服だから、なんだかいつもと雰囲気が違ってドキッとしちゃうけど、やっぱり何を着ててもアユはカッコいい。
　これだけ大勢人がいても、すごく目を引くし。
「アユ！」
　私は小走りで彼の元へと駆けより、声をかけた。
「ごめんね、お待たせっ」
　するとアユは、イヤホンを耳から外して。
　なぜか驚いたような顔でこちらをじっと見てる。
　あれ？　なんで？

　そんな時、背後から思いきり叫ぶ声が聞こえた。

「えぇぇっ!?　マジ!?　この人が姉ちゃんの彼氏!?」

　誰かと思って振り返れば、まだいた。啓太。

「うわっ、啓太!　あんた、彼女は?」

「いや、それより彼氏、すっげぇイケメンじゃんっ!!　信じらんねぇ。ホントに男と約束してるとは思わなかった。お母さんに報告しとくわ」

　しかも、本気で驚いちゃってるもんだから、私がびっくりだよ。

　そんなに私が男子と約束してたら意外かな?

　でもまぁ、そこまで言われたら、ちょっとうれしくなっちゃうけど。

「あはは、べつに彼氏じゃないよ〜。ほら、絵里の彼氏の親友のアユだよ。前に話したじゃん。あ、アユ、これうちの弟なんだ。初めて会ったよね?」

「わわっ、ど、どうもっ!　啓太っていいます!」

　なぜだか緊張気味の啓太は、アユに向かって深々と頭を下げた。

　それがちょっとおかしくて。

　アユはそれを見てプッと吹き出すように笑う。

「お前ら、なんかそっくりだな」

「えぇっ!　どこが!?」

「いやいや、俺、姉ちゃんほどバカじゃないんで!!」

「ちょっ、啓太!」

　せっかくの浴衣姿も台なしってくらい色気のない姿を、

しょっぱなからさらしてしまった。

　──ピロリロリン♪

　するとそこで、どこからか電話の着信音が。

「あぁっ。やべー、彼女から電話だ！　それじゃっ!!」

　今さらのように慌てて、彼女の元へと向かう啓太。

「もう、まったく……」

　やれやれという感じでその姿を見送ったあとは、あらためてアユの顔を見上げた。

　お互いパッと目が合う。

　だけど、自然と笑みがこぼれて。

「ど、どうも……お騒がせしました」

「いや、おもしれぇな、お前の弟。っていうか美優、浴衣で来たんだ」

「う、うん」

　今更だけど、そこに触れられるとなんだか照れてしまう。

　でも、気づいてくれてうれしいかも。

「ふーん。なんかイメージ違うな」

　そう言いながらアユは、私の横に流した髪に触れた。

　ドキッと跳ねる心臓。

　そしていたずらっぽくニッと笑ったかと思うと、ポンと私の頭に手をのせてきて。

「まぁべつに、俺は彼氏でもよかったんだけど？」

「えっ……」

　思わず顔を赤くしてうろたえていたら、そのまま1歩前を歩きだすアユ。

「んじゃ、行くぞ」

「あっ、うん。待って！」

　慌てて私もうしろから追いかける。

　でも下駄だから、いつもみたいにスタスタ歩けなくて。

　ちょっと！　アユ、歩くの速いよ……！

　なんて思ってたら、彼はすぐ立ち止まって、こちらを振り返った。

「プッ。やっぱ美優ってどんくせぇよな」

　えぇっ？

「だ、だって、下駄だから歩きにくいんだもん」

　私が言い返したら、パッと手を差しだされる。

「ん」

「えっ？」

「手、貸して」

　そのままギュッと右手を握られて。

　さらには自然と繋ぎ直すかのように、指をからませてくるアユ。

　わぁぁ。これって、いわゆる恋人繋ぎってやつ？

　初めてかも……。

　いきなり彼氏のようなそぶりをされたものだから、それだけですごくドキドキしてしまった。

　アユの手、大きいな。

　それに、すごくあったかい。

　ゴツゴツしてて骨っぽくて、男の子の手って感じ。

　するとアユが前を向いたまま、ボソッとつぶやいた。

「浴衣、かわいいじゃん」

「えっ？」

　ウソ。かわいいって言った？　今。

「そ、そうかな？　これ、お母さんに着つけてもらったんだけど、髪は自分でやったんだよ。そしたらけっこう時間かかって……」

「うん。似合ってる」

　急に振り返って、そう口にしたアユの顔は少し赤くて。

「あ、ありがとう……」

　私はなんだかますますドキドキして、自分もじわじわと顔が熱くなるのを感じた。

　うれしいな。

　そんなふうに言ってもらえると、この動きづらい浴衣をわざわざ着てきてよかったなぁって思う。

　アユって口が悪い時もあるけど、意外とうれしいことをたくさん言ってくれたりもするんだ。

　これじゃまるで、もう付き合ってるみたい。

　アユが彼氏みたいで変な感じだよ……。

　河川敷（かせんじき）まで行くと、屋台がたくさんあった。

　わたあめに、たこ焼きに、クレープに、かき氷に。

　見てるだけで、ワクワクしてくる。

「わーっ、すごい！　ねぇアユ、見て見て！　イカ焼きおいしそう！　あっ、ステーキ串（くし）も！」

「イカ焼きにステーキって、オヤジかよ」

　……うっ。

　そのツッコミでハッとしたけれど、たしかにオヤジくさい食べものにばかり目が行ってしまう。

「す、すみませんね。色気なくて」

「あぁ、ホント色気ねぇよな」

「なっ……」

　でもそこで私がちょっとむくれていたら、アユはクスッと笑った。

「まぁ、そのほうが美優らしくていいけど」

　その顔がなんだか優しくて。

　なんだろ。バカにしてるんだか、してないんだか。

　でも、否定されないのは、ちょっとうれしい。

　アユの前では、無理にかわいこぶったりしなくてもいいんだって思うし。

「だって、お腹空かない?」

「じゃあ、さっそくなんか食う?」

「うん!　食べる!」

　ちょうどお腹が空いていたので、とりあえず何か食べることにした。

「うーん……。クレープもいいけど、並んでるしなぁ。広島焼きはガッツリ系だし」

「じゃあ、お前の好きなイカ焼きにすれば?」

「えぇっ!?　イカくさいじゃん!」

「だって、食いたいんじゃなかったのかよ」

「いや、食べたいけど、なんかさすがに……。もっと食べ

やすいのにしようよ。それにアユは魚介類好きじゃないで
しょ。あっ、無難にたこ焼きは？」

「タコも魚介類だろ」

「えーっ!?　じゃあ、タコ食べてあげるから！」

「なんでもいいよ。美優の好きなので」

「あっ、あそこのたこ焼き屋、わりと空いてる！」

　というわけで、まずはたこ焼きを食べることに。

「私、買ってくるね！」

「……っ、おいっ」

　アユの手を離して、勢いよく走りだした私。

　本当なら一緒に買いにいけばよかったんだけど、食欲に
負けて、気づいたら足が向かっていた。

「おい美優、待てよ！」

　うしろから慌てたようなアユの声。

　だけどそれに気がついた時には、迷子になりそうなくら
いギュウギュウの人の群れの中にいて。

　とりあえず人混みをかきわけながら、たこ焼き屋へと向
かう。

　――ドン！

　するとその時、前から歩いてきた人に思いきりぶつかっ
てしまった。

「きゃっ！　あっ、すみません」

「あっぶねー」

　謝りながらその人を見上げると、ぶつかったのは茶髪の
大学生くらいに見える男の人で、隣にはその友達らしき男

がもうひとり。

　なんかチャラそうだな、なんて思ってたら、

「あーもうびっくりした。ってかキミ、ひとりなの？　よく見たらけっこーかわいいじゃん」

「ホントだ。かわいいな、高校生？」

　えっ、なに？　この空気。

「え、えっと、高校生です。でも、友達が向こうに……」

「へー、友達待たせちゃって大丈夫？　つーかよかったら、そのお友達も一緒に俺らと回らない？　いろいろおごってあげるよー？」

　やだ。これってもしかして、ナンパ？

「け、けっこうですっ！　私、たこ焼きを買いに……」

「そんなこと言わずにさぁ〜」

　そこでガシッともうひとりの男に腕を掴まれた。

「ちょうど浴衣のJKと遊びたい気分なんだよね〜、俺ら。たこ焼きなんておごってやるから、一緒においでよ。なっ？」

　しかも、けっこうしつこくて。

　どうしよう。こんなことならアユと一緒に買いにくるんだった。

　バカだな、私。

　なんて後悔してたら、その時背後から突然グイッと誰かに首元をつかまえられた。

「ひゃっ！」

「触んなよ」

　……えっ？

　聞き覚えのある低い声にドキッとして見上げると、やっぱりそこにいたのは彼で。

「アユっ！」

　顔を見た瞬間、ものすごくホッとした。

　よかった。アユが来てくれた……。

「うわっ、なんだよ。なんで男？　友達は？」

　腕を掴んでいた男は、アユの姿を見るなりパッと手を離す。

「うるせぇ。人の彼女に手ぇ出してんじゃねーよ。ナンパならほかあたれ」

「はぁっ？」

　わわ、彼女って。

　助けるためとはいえ、いきなりの彼女発言に、なんだかすごくドキドキしてしまった。

「なんだよ。彼氏いんじゃねーかよ」

　茶髪の男は途端にしらけたような顔で、眉をひそめる。

「あーつまんね、行こ行こ」

「ケッ。彼氏、ちゃんと見はっとけよな〜」

　そして口々に文句を言うと、その場を去っていった。

　よ、よかったぁ。いなくなった……。

　するとそのうしろで、アユが大きくため息を吐いて。

「……ったく、お前なぁ、勝手にひとりでどっか行くんじゃねーよ、バカ。はぐれたら危ねぇだろ」

　しかもすごく怒ってる。

でも、そのとおりだよね。

「ご、ごめんなさい……」

　私がしょぼんとした顔で謝ると、ガシッと手を掴まれた。

　そしてまた、ギュッと繋いでくれて。

「もう俺から離れんの禁止だから。絶対手離すなよ」

「……っ」

　思いがけない彼の言葉に、かぁっと顔が熱くなる。

　どうしよう。

　そんなふうに言われたら、ますますドキドキしちゃうよ。

　でも今のアユ、カッコよかったな。すかさず助けに来て
くれて。

　やっぱりアユと一緒にいると、すごく安心する。

　このままアユのほんとの彼女になってもいいのかも、な
んて思ってしまう自分がいて。

　もし今日チャンスがあったら、私も気持ちを伝えてみよ
うかな……。

やっぱり付き合えない

　それからふたりでたこ焼きを買って食べて、いろんなゲームをした。

　射的に、ヨーヨーすくいに、輪投げに。

　もちろんお遊びじゃなくて、ガチバトル。

　アユは意外と負けず嫌いなので、「勝負しよう」って言ったら、最初はえーって顔をしてたけど、いざやり始めたら、子どもみたいに熱くなっていてちょっとかわいかった。

「ふふっ。シマシマの話する時とゲームの時は熱くなるよね、アユって」

「はっ？　うるせぇ。お前だってムキになってたくせに」

「だってアユ、射的うますぎなんだもん！　でも輪投げは勝ったもんね」

「ハイハイ。つーかこれ、いらねぇからやるよ」

　そう言ってアユは、射的でとったアルパカのぬいぐるみを私にくれた。

「えっ、いいの？　ありがとう！　これ、ほしかったのに取れなかったんだよ」

　だけどその時ふと気になって。

「あれ？　でもなんでアユ、こんなの狙ったの？」

「狙ってねぇし。たまたま当たったんだよ」

　なんて言われて、さっきのことを振り返ってみると、そんなはずはない。

　私が「全然当たらない！」って大騒ぎしながら、アルパ
カめがけて全発外したら、横からアユが最後の1発でひょ
いっとみごとに命中させてくれたんだ。

　「ふっ、下手くそ。俺の勝ち」なんて言うからムカっと
しちゃったけど、もしかして実は私にくれるために取って
くれたとか？

　思わずそのアルパカをギュッと両手で抱きしめる。

「わーい、うれしい」

　そしたらアユはそんな私を見てクスッと笑うと、頭にポ
ンと手を乗せてきた。

「大事にしろよ」

「うん、ありがとう」

　ふふふ。アユったら、やっぱり優しいなぁ。

　そんなふうにゲームをしていたら、あっという間に時間
が過ぎて。いつの間にか花火が始まる時間になった。

　ふたりで土手道を歩いて、座る場所を探す。

　あたりはすでにシートを敷いて座ってる人たちでいっぱ
いだ。

「わぁっ。座るとこあるかな〜？」

「大丈夫。こっち来い」

　すると、アユが何か知ってるみたいだった。

「いい場所あるから」

　なんだろう。穴場的な見学場所でもあるのかな？

「美優、ここ」

「えっ？」

　アユが連れてきてくれたのは、土手の上の一部木が生い
茂っている場所。

　河川敷の近くにこんな茂みがあるなんて。

　っていうか、ここのどこで花火を見るのかな？

「ここ？　いい場所って」

「そう。だから入れよ」

「ええっ!?」

　なんだかちょっと怪しい場所って感じがするんだけど、
大丈夫？

　中はますます暗そうな感じだし。

「こ、こんなとこで花火見れるの？　ホントに」

「大丈夫だから、来いって」

「え〜っ！」

　そして手を引いて、連れていかれた先には。

「わぁっ！　おっきな石〜！」

　茂みの奥に、人が座れそうな大きな石があった。

　一体どこへ連れていくつもりだろうって思っちゃったけ
ど、まさかこんな場所があったなんて。

「これに登って見るの？」

「そう」

　アユはうなずくと、先にひょいっと石の上に登る。

「美優、掴まれ」

　そして、手を差しのべられて、私はアユの手を掴んで自
分も石の上に登った。

「わぁっ。なんか隠れ家みたいでいいね！」

「だろ？」

「でも、よくこんな場所知ってたね？」

「中学の時に友達と来て、たまたま見つけたんだよ」

「そうなんだ、すごい。いい場所教えてくれてありがと」

　私がニコッと笑ってそう言ったら、アユはなにを思ったのか、いきなりギュッと手を握ってきた。

「まぁ俺も、美優とふたりきりになりたかったから」

「えっ」

　ドキッとして彼を見上げると、アユは少し顔を赤らめながらこちらをじっと見つめてきて。

　途端にドクドクと心臓がうるさくなる。

「それに、今日の美優すげぇかわいいから、ほかのやつに見せたくないし」

　サラッと告げられたその言葉に、思わず顔がかぁっと熱くなった。

「……っ、な、何言ってんの」

「何って、本音だろ」

「は、恥ずかしいよっ……」

　私が真っ赤な顔で照れるように言ったら、アユは私の顔をじっと覗き込んで。

「へぇ、照れてんだ？」

「……だ、だってっ」

「赤くなってんの、かわいい」

　そう言ったかと思うと、次の瞬間私の頭のうしろに手を回し、自分の胸に抱き寄せてきた。

　……ひゃあっ。
「あ、アユっ?」
　再びドキッと飛び跳ねる心臓。
「じゃあ、もっと俺にドキドキして」
「えっ?」
「俺のことで頭いっぱいになれよ」
「……っ」
　密着した彼の胸から、心臓の音がドクンドクンと聞こえ
てくる。
　ねぇこれ、もしかしてアユもドキドキしてる?
　まるで抱きしめられているみたいなこの体勢に、私もド
キドキしすぎてどうにかなっちゃいそう。
　アユったら、いつからこんなに甘くなっちゃったのかな。
「あ、あのね、アユ。私……」
　思わず口からこぼれそうになった、自分の気持ち。
　ほんとはもうアユのことで頭いっぱいになってるんだ
よって。
　言っちゃおうかな。
　そしたらその時、ふと頭上からパァンと大きな音が聞こ
えて。
　それに気づいたアユと私は、ハッとして空を見上げた。
「あっ……」
　いつの間にか、花火大会が始まったみたい。
　夜空に打ち上げられた大輪の花に、思わず目を奪われる。
　どこからともなく歓声が聞こえてきて、茂みの中にいて

も、あたりがだんだんと熱気に包まれていくのがわかった。

　それから２発、３発、４発……と続けてどんどん打ち上げられていく花火たち。

「うわぁ、きれい……」

　私はなんだか一気に別世界にいるかのような気分になって。気がついたら、まばたきするのも忘れて見とれてしまっていた。

「きれいだな」

「ホント、ここ特等席だね」

「だろ？」

　そう言って笑うアユの笑顔がまぶしくて。

　アユもやっぱり花火を見て、感動したりするんだなぁ。

　花火と同じくらい、アユの笑顔もキラキラして見える。

　だから私も、笑顔で返した。

「うん。今日、来れてよかった。誘ってくれてありがとね」

　そしたらまたギュッと手を強く握られて。

「じゃあ、来年も誘うから」

「えっ？」

　アユは私をじっと見つめる。

　そして少し頬を染めながら。

「っていうか、来年も美優と一緒に来たいんだけど。今度は友達じゃなくて、彼氏として」

　その言葉に、ドキッと反応する心臓。

　だけどその瞬間、思わず「うん」なんて言ってしまいそうな自分がいた。

　やだ私、もうすでに彼女みたいな気分になっちゃってる。

　だってアユといるのが、あまりにも心地よくて。

「考えとけよ。前向きに」

　そう言って頭を撫でてくるアユ。

　そんな彼を見ていたら、やっぱりそろそろ自分の気持ちをちゃんと伝えてみようかな、なんて思ってしまった。

　言うならきっと、今日だよね。

　この花火が終わったら、言えるかな……。

　そんなことを考えているうちに、夜空に映る花火はどんどん形を変え、次々と空に咲いていって。

　万華鏡のように目まぐるしく移り変わる空の景色に、目も心も奪われてしまう。

　私はアユとずっと手を繋いだまま、空を見ていた。

　花火がひとつひとつ打ち上がるたびに、気持ちも盛り上がって。

　だけど終わりに近づくほど、なんだか寂しくて。

　ずっとこうして見ていたいなぁって思っちゃう。

　このまま今日が終わらなければいいのに、なんて。

　もしアユと付き合ったら、どうなるのかな。

　私が気持ちを伝えたら、アユは喜んでくれる？

　花火の魔法にでもかかったみたいに、今日は不思議なくらい素直になれそうな自分がそこにいた。

　このまますべてがうまくいきそうな、そんな予感がして。

　最後の大きな花火がドカンと打ち上げられると、あたりが一気に静まり返った。

　誰もいない茂みの中で、アユとふたりきり。

「終わっちゃった」

　私がポツリとそうつぶやいたら、アユがこちらを向いて、ふふっと笑った。

　目が合って。

　あらためてこの場にふたりしかいないことを意識したら、急にまた照れくさくなってしまった。

「きれいだったな。花火」

「うん、すごくきれいだった。でも、もう終わりかと思うと、寂しいな」

　私がそう言うと、アユは一瞬黙って、それからこんなふうに尋ねてきて。

「なにそれ。まだ帰りたくないってこと？」

「え？　ま、まぁ……」

　あれ？

　答えた瞬間、なんだかとても恥ずかしい気持ちになった。

　やだ私、名残惜しいみたいなこと言っちゃった。

　するとアユは、そんな私の顔を覗き込むと。

「それって、もっと一緒にいたいって意味だと思っていいの？」

　ストレートに聞かれてドキッとする。

「え、えっと……っ」

　照れくさくて下を向いた私の肩に、アユはポンと手を乗せると、そのままコツンと額をぶつけてきて。

「そんな顔されたら、期待するだろ」

「……っ」

　ど、どうしよう。恥ずかしい。

「俺ももっと美優と一緒にいたいんだけど」

　じーっと目を見つめてくるアユ。

　そして彼の片手がそっと頬に添えられて。

「やっぱこのまま、帰したくない」

　ゆっくりと、唇が近づいてきた。

　ま、待って。ウソ……。

　ドキドキと鼓動が速まって、息をするのも忘れそうになる。

　ど、どうしよう。

　このままキス、しちゃうの？

　思わずギュッと目をつぶる私。

　そしたら次の瞬間アユが、クスッと笑って。

「……バカ。冗談だよ」

「えっ？」

「ちゃんと家まで送るから、安心しろよ」

　それを聞いて、なんだか拍子抜けしてしまった自分がいた。

　わぁ、びっくりした。

　もう、さっきからドキドキすることばっかりで、心臓がパンクしそうだよ。

　だけど今、キスしてもいいって思っちゃったかも。

　つい本気にしちゃった……。

　茂みを出て、屋台が並ぶ大通りのほうへ戻ったら、同じ

く大勢の人たちが駅のほうへと向かって流れていた。

アユに手を引かれ、駅まで一緒に歩く。

よく考えたら、アユは家まで送るって言ってくれたけど、私の家まで行くと、アユは二度手間になるんだよね。

本当なら駅から電車に乗って帰るわけだから。

そう思ったらなんだか、送ってもらうのは悪いような気がして。思わず口を開いた。

「ね、ねぇアユ、やっぱり家までは送らなくても大丈夫だよ」

「え、なんで？」

「だって、アユ大変じゃん。一回うちまで来て、また駅に戻るの。だから駅までで大丈夫」

するとアユは、呆れたようにはぁっと息を吐いて。

「何言ってんだよ。ひとりで帰ったら危ねえだろ。俺が送りたいから送るんだし、そんなこと気にしてんじゃねぇよ」

なんて言われちゃって。

心配してくれてるんだなーと思ったら、すごくうれしくなった。

「そっか、ありがとう」

「それに、さっきみたいにまたモノ好き男に捕まったら困るしな」

続けてアユがボソッとそんなことをつぶやいて。

モノ好きという言葉に、思わず眉をひそめる私。

「え、ちょっと、モノ好きって……もしかして、さっきのナンパ？」

「そう」

「それって、私をナンパするとか趣味悪いってこと？」

　私が問い詰めると、「まぁな」なんて言いながら、イタズラっぽく笑うアユ。

　うぅ、ひどい。

　たしかに私は言うほどかわいくないですけど。

　でも……。

「だったら、アユだってモノ好きじゃん。私を連れてる時点で趣味悪いよ……んっ」

　そしたらいきなり両側のほっぺをつかまれて、じっと顔を近づけられて。

「だから、モノ好きは俺だけで十分なんだよ。ほかのやつなんかにやらねぇし」

「……っ」

　思いがけないセリフに、またしても心臓がドキッと飛び跳ねて、一気に顔が熱くなった。

　な、なにそれ……。

　どうして今日のアユは、こんなにもドキドキさせるようなことばかり言うんだろう。

　照れくさくて、いつものノリを忘れちゃいそうな自分がいるよ。

　でも、うれしい。

　やっぱり私、アユが好きなんだって。

　今日一日であらためて実感したような気がする。

　そしてそんなふうにじゃれ合っているうちに、あっという間に駅の近くまで到着。

　そこで私は乱れた浴衣を直すために、アユを待たせてトイレに行った。

　改装したばかりの駅のトイレ。

　ついでに軽く化粧直しもしておく。

　汗かいて、化粧だいぶ落ちちゃったし……。

　そしたら急に、隣の鏡に立っていた浴衣美女に声をかけられた。

「美優？　ねぇ、美優じゃない!?」

「えっ？」

　誰かと思ったら、そう。

　偶然にもそこにいたのは、あの真由香で。

「ウソッ、真由香!?」

　暗めの長い茶髪をアップにして、後れ毛で色気たっぷり。

　クリーム色の生地にピンクの花が咲いたガーリーな浴衣が似合いすぎな彼女は、やっぱりいつ見てもかわいい。

「すごーい！　会うの、久しぶりじゃんっ！　真由香も今日来てたんだ！」

　ってたしか、出かける前にうちのお母さんが『真由香ちゃんも行くみたいよ』とか言ってたな。しかも彼氏と。

　でもまさか、こんなところで会っちゃうとは。

　真由香とは電話でいつも話してるけど、こうして直で会うのはすごく久しぶりだ。

　昔からかわいかったけど、さらにかわいくなってるし。

「来てたよ〜！　彼氏と来たの。美優は友達と？」

「うん、そうだよ」

　と、うなずいてみたものの、アユのことを今更友達と言うのは、なんだか違和感がある。

「そっかぁー、なんだ。あのアユくんとは一緒に来なかったの？」

「えっ」

　あれ？　そういえば真由香に、アユと花火に行くってことは話してなかったな。

「いや、実はその、友達って、アユとなんだけど……」

　私が照れながらそう話すと、真由香はさらに表情がぱぁっと明るくなった。

「なんだ、アユくんと一緒に来たんじゃん！　実はけっこううまくいってるんだね。付き合わないのー？」

「えっ。いや、まだ、付き合ってはないよ」

「なんでー！　もう付き合っちゃえばいいじゃん！　じれったいなぁ」

　真由香はニヤニヤと楽しそうにして、相変わらず私とアユの関係に興味津々みたい。

「うーん、でも……」

　そう言えば私、アユに告白の返事をしようと思って、タイミング逃しちゃったんだっけ。どうしよう。

　なんて思ってたら。

「だってアユくん、イケメンなんでしょー？　見てみたいなー」

「えぇっ!?」

「今、外にいるんでしょ？　紹介してよー」

「し、紹介!?　いやいや、ちょっと待ってよっ」

　いきなりそんなことを言われて焦った。

　だって真由香にアユのことをいろいろ話してたけど、べつにまだ彼氏になったわけでもないのに、紹介するとか。恥ずかしいよ。

「いやいや、イケメンって言っても、真由香の好みのイケメンじゃないかもよ？」

　なんて言って、話をそらす私。

「あはは、そんなの関係ないよー」

「真由香の彼氏のほうがきっとイケメンだよ。それにデートの邪魔になるかもしれないから」

「いや、それはないかなー。今の彼氏、ぶっちゃけ顔はそこまでイケメンじゃないもん」

「え、そうなの？」

　それはちょっと意外だった。真由香って昔からかなりの面食いなのに。

「そうだよー。顔だけで言ったら初恋のアッくんのほうが断然イケメンだったよ。アッくん、今ごろどうしてるかなー、なんてね。あはは」

「うわぁ、アッくんとか、懐かしい！」

　その懐かしい名前を聞いて、思い出した。

　真由香には、中学時代ずっと片想いしていたアッくんという相手がいて、私はよく恋の相談にのってたんだ。

　クールでちょっとシャイなバスケ部のイケメン、アッくん。

　一度も顔を見たことはなかったけど、話はよく聞いてたなぁ。

「ホント、なつかしいよね。美優には、よくアッくんのこと相談してたもんね」

「そうだよ。今の彼氏よりアッくんの話のほうが、よく聞いてた気がするよ」

「あれ、そうだっけ？」

「そうだっけ、じゃないでしょ！」

「あはは〜」

　そんなふうに話してたら、──ブブブ……と私のスマホのバイブ音が鳴った。

「あ、やばい。アユが【まだ？】だって」

「あ、ウソ。ごめんね、しゃべりすぎたね」

「ううん、それじゃまた」

　だけど、私が行こうとすると、

「待ってよー！」

　真由香にガシッと手首を掴まれて。

「アユくん見せてくれるんじゃないの？」

「えぇっ!?」

　なにそれ、ホントに見る気なの？

「ふふ、大丈夫だよ〜。チラッと見るだけだから！」

　真由香はニヤニヤしながら、私の肩に手を置く。

「で、でもっ、言っとくけど、まだ彼氏じゃないからね！」

「いいのいいの！　ほら、行こ！　待ってるよ？」

　そしてそのまま彼女に引っぱられるようにして、しぶし

ぶトイレをあとにした。

　トイレから出ると、外の自販機の近くでアユがスマホを
いじりながら待っていた。

　アユは案の定待ちくたびれた様子で、退屈そうにしてる。

　やばいやばい、待たせすぎちゃった。

　私は真由香をうしろに連れたまま、ドキドキしながらア
ユに声をかけた。

「アユ、ごめん！　お待たせ！」

「やっと来た。おせーよ」

「ほんとにごめんね。ちょうどトイレで従姉妹とバッタリ
会ったもんだから、話し込んじゃって」

　そう話すと、アユは若干呆れたようにため息をつく。

　そんな時、真由香が私のうしろからひょっこりと顔を出し
た。

「あ、どうも～！　初めまして！　こんばんは！」

　相変わらず人懐っこい真由香。誰にでも愛想がいい。

　だけど次の瞬間……。

「え、あれ？」

　なんか様子が変。

「ちょ……えぇっ!?　ウソでしょっ!!」

「えっ……」

　なぜか驚いたように、目を丸くする真由香とアユ。

　そして向かい合ったまま数秒間、沈黙が流れたかと思っ
たら。

「マジかよ。倉田じゃん……」

　えっ？

「アッくん……」

　出てきたのは、聞き覚えのあるあの名前だった。

　アッくん？

　今、アッくんって言った……？

　私は聞き間違いかと思いながらも、真由香の顔を確認する。

　だけど、真由香は口を手で抑えながら固まっていて。

　もしかしてだけど。

「アユくんって、アッくんのことだったの……？」

　ウソでしょ。

　同時にアユの顔を見上げると、これまた少し気まずそうな顔をして固まっている。

　どうしよう。

　真由香が昔、ずっと片想いしていたアッくん。

　真由香の初恋の人。

　その相手がまさか、アユだったなんて……。

　こんな偶然ってある？

　ゴクリと唾を飲みこみ、言葉を失う私。

　だけど、アッくんとアユが同一人物だったと知ってあらためて昔のことを振り返ってみると、たしかに当てはまることがたくさんあるような気がした。

　イケメンで、頭がよくて、スポーツ万能で、バスケがとっても上手で。

　名前の頭文字を取って、"アックん"って呼んでるのって。

　そして中３の時、真由香はアックんに告白して、２回もフラれてしまって、しばらくずっと引きずってたんだっけ。

　その一部始終を私、真由香から聞いてたんだ。

　ということは私、アユのことを昔から間接的に知ってたってことなんだよね。

　ただ顔と本名を知らなかっただけで。

　まさかその、真由香の大好きだったアックんと、こんなふうに仲良くなるなんて。

　告白までされちゃうなんて。

　そしてその話を、アックんのことだとは知らず真由香に話しちゃうなんて。

　気づかなかったとはいえ、なんだか申し訳ない。

　どうしよう。真由香は今、どんな気持ちなのかな……。

「あ、あははっ。やだー、久しぶり！　元気だった？　まさかアックんと美優が仲良しだったとはびっくり〜！　私たち、実は従姉妹なんだよ！」

　だけど真由香はすぐに笑顔になったかと思うと、思いきりアユのことを冷やかしはじめた。

　肩をバシバシ叩きながら、ニヤニヤと。

　アユもちょっと動揺してる。

「え、従姉妹って……マジかよ」

「そうだよ！　びっくりでしょー？」

「初めて知ったし。てかお前、なんでここに？」

「彼氏とデートで〜す！　美優とはトイレでバッタリ！」

「へぇ、そうなんだ」

　そんなふたりを見ていたら、なんとも言えない気持ちになって。

　どうしよう。なんか真由香、わざと明るく振るまってるように見えるけど、気のせいかな？

　ほんとはショックだった？

　いや、そうだよね。

　だってあんなに大好きだった初恋の人と、私……。

　いろいろ考えたら、とてもじゃないけど、穏やかな気持ちではいられなかった。

　胸の奥がギュッと苦しくなる。

　いつの間にか、さっきまでのフワフワした気分はどこかへ行ってしまって、かわりに罪悪感のような気持ちでいっぱいで。

　さっきまでは、このままアユと付き合えたら……なんて思ってたのに。急に気後れしてしまっている自分がいて。

　アユへの気持ちにやっと気づいたところだったのに。

　やっと自分も気持ちを伝えようと決意したところだったのに。

　まさかこんな偶然って。

　衝撃すぎて、どうしていいかわからないよ。

　私が黙ったままその場に立ち尽くしていたら、真由香が私の顔をじっと覗き込んでくるのがわかった。

　それにハッとして、思わず我に返る。

「あ……べ、べつに私とアユは付き合ってないからね！

こんな偶然あるんだね〜。あはは！　超びっくりしたよ」

　なんて、適当なことを言いながら大袈裟に笑ってみたけれど、内心は気まずくて仕方がない。

　真由香がどんな気持ちでいるのか、気がかりで仕方がなくて。

「えー、なに言ってるの。お似合いじゃん！　付き合っちゃいなよ！　いやーでも、ごめん。美優の話してたアユくんって、アッくんのことだったんだね。なんで私気づかなかったんだろ。よく考えたら、ふたりは同じ高校じゃんねー。すっかり忘れてた〜」

　真由香は気を使ってかテンション高めに話し続けてくれたけど、そんなふうに冷やかされるのも胸が痛かった。

　真由香はあんなに大好きだったアッくん——アユと私がもし付き合ったらどう思う？

　だって、フラれたあともずっと諦められなくて、今の彼氏に告白された時もアッくんがまだ好きで、彼に「それでもいいから」って言われて付き合い始めたんだよね、たしか。

　だから、こうやって今再会して、私とデートなんかしてたら、複雑な気持ちに違いないよ。きっと。

「アッくん、バスケはまだ続けてるの？」

「いや、帰宅部だけど」

「えー、もったいない！　うまかったのに。あ、政輝とか元気にしてる？」

「あぁ。あいつは変わんねーよ」

　アユはチラチラと私の顔を確認するように見てきたけど、やっぱり私はなにをしゃべっていいかわからない。

　そうこうしているうちに、真由香の彼氏が走ってやってきて。

「おーい、マユ！」

「あっ、ユウくん」

「なにやってんだよ、探したじゃん」

「ごめんごめん、そこで従姉妹と偶然会って」

「そうなんだ。どおりで遅いと。まあいいや。帰ろう」

　初めて見たけれど、すごく優しそうな人。

　たしかにものすごくイケメンというわけじゃないけど。

「あ、それじゃ美優たちまたねっ」

　そしてそんな彼氏に連れられ、真由香は少し名残惜しそうな顔をしながら帰っていった。

　それを見送る、私とアユ。

「うん、バイバイ！　またね」

　笑顔で手を振り返したけれど、私の心の中にはなんだかすごくモヤモヤしたものが残った。

　するとアユが、そんな私の手をギュッと握ってきて。

「おい、美優？」

　急におとなしくなった私の顔を覗き込み、心配そうに声をかけてくるアユ。

「どうした？　なんかボーっとして」

「え、いや……アユと真由香、知り合いだったんだなーって」

「あぁ。まぁ、同中だったけど。まさかお前の従姉妹だったとは知らなかった」

「わ、私もだよ。まさかアユが、真由香の話してたアッくんだったなんて……」

　私がそう言うと、アユはちょっと困ったような顔で。

「え、なに、じゃあお前、倉田から俺の話聞いてたってこと？」

「う、うん……」

　そこで思わず、聞いてみる。

「アユってさ、真由香に昔……告られたんだよね？」

　するとアユは、一瞬ギョッとしたように目を見開いて、それからちょっと気まずそうな顔でうなずいた。

「え……うん。そうだけど。なんで知ってんだよ」

「だ、だって、真由香から聞いて……」

「いやでも、断ったし。昔のことだろ」

「そ、そっか」

　アユはそう言うけれど、やっぱり私は気になって仕方がない。

　あのアッくんが、まさかのアユだったという事実が。

　もしも真由香が今でもアユにわずかでも未練があったらと思うと気が気じゃないし、それでなくてもなんだか自分がちょっと悪いことをしているように思えてしまって、うしろめたかった。

　思わず昔の真由香との会話をいろいろ思い出してしまう。

　さっきまではあんなに楽しくて、アユとのデートに浮かれていたはずなのに、一気に気分が落ち込んでしまっている自分がそこにいて。

　どうしよう。こんなはずじゃなかったのに……。

　そして、そのまま少し沈黙が続き、気が付けばいつの間にか私の家までたどり着いていた。

　私はそこで、アユにお礼を告げて手を離す。

「あ、ありがとうアユ。送ってくれて。おやすみ」

　小さく笑って見上げると、アユはなぜか少し不安そうに私を見つめる。

「あぁ、おやすみ」

　やだ。なんだか味気ない別れ際になっちゃったな。

　なんて思って、背を向けた瞬間。

「美優」

　不意に名前を呼ばれた。

「えっ、なに？」

　ドキッとして振り返る。

「今日、楽しかった？」

　そう尋ねる顔は、なんだか切なげで。

　まさかアユがそんなことを聞くなんて思わなかった。

「あ、うん。すごく楽しかったよ！　一緒に行けてよかった。ありがとう」

　私は慌てて笑顔で答える。

　するとそこで、グイッと手を引っぱられて。

「わっ」

気がついたら、アユの腕の中にいた。

——ドキン。

アユはそのまま私を、ギュッと抱きしめる。

「美優、あのさ……」

だけど、なんだかその先の言葉を、聞いてはいけないような気がして。

私はそれを遮ってしまった。

「ご、ごめんっ」

アユの胸をグッと押して、彼から離れる。

「えっ？」

そして次の瞬間、思わず口にしてしまう。

「あ、あのね……やっぱり私……アユとは付き合えない」

言った瞬間少しだけ後悔したけれど、もうあとには引けなかった。

だって、やっぱり無理だよ。

あのアッくんが、アユだったなんて。

真由香の気持ちを考えたら、付き合うなんて、とてもできない……。

アユを見上げると、彼は驚いたように目を見開いて固まっている。

ひどく傷ついた表情で。

それを見たらちょっと泣きそうになったけど、私は続けた。

「いろいろ考えたんだけど……アユの気持ちにはこたえられないと思う。だから、ごめん」

「美優……」

「ごめんなさいっ！」

　そう言い捨てて、背を向けた。

　玄関まで思いきり走って。

「おい美優っ！」

　アユがうしろで呼び止めるのも聞かず、そのままバタンとドアを閉めてしまった。

　家に入った瞬間、その場にしゃがみこむ。

　あぁ、私、言っちゃった。

　アユのこと、フッちゃったよ。

　こんなはずじゃなかったのに……どうして？

　アユの傷ついた顔が、頭から離れない。

　涙が次から次へとあふれてきて。

　正直これでよかったのかも、よくわからない。

　だけど、ほかにどうしたらいいのかもわからなくて。

　足元を見つめると、今日のために絵里に塗ってもらったネイルがキラキラと輝いていた。

　はりきっていたのを思い出したら、もっと悲しくなって。

　私はその場で声を殺して、ひとり泣き崩れた。

　どうしてこんなに涙が出るのか、自分でもわからなかった。

じゃあなんで泣いてんの？

　まだ私が恋愛とかそういうものに疎かった頃、従姉妹の真由香はすでに男子の話や恋バナを電話でよくしていた。

『でね、２組の久保くんとレナが付き合うことになって〜』
「へぇ〜」
『てか、メグなんてもう彼氏といろいろすませてるらしいの！　この前ついに、年上の彼と……』
「ひゃ〜っ、そんなことしたの!?　信じられない」

　まだ好きな人すらいなかった私には、新鮮で、興味深くて。
　同い年なのにずいぶんと大人に感じられた。
　真由香は流行とかにのるのも早かったし、ファッションやメイクに目覚めるのも早かった。

『美優は、まだ好きな人いないの？』
「いないよ〜！　うちのクラスの男子とか、みんなサルみたいなのばっかだし！」
『えぇ〜、ひとりくらいカッコいい人いるでしょ。私ね、実は好きな人ができたんだ。今回バスケ部の王子と席が隣になっちゃって』
「バスケ部の王子……？　あぁ、前話してたモテる人？

まーくんだっけ？」
『違う！　アッくんだよ!!』

　そこでたびたび話題に登場していた彼。
　そう。その人こそが真由香の初恋の人で、のちに私と知り合うことになる、アユこと、渡瀬歩斗だった。
　私はあだ名しか聞いてなかったから、まさかそれがアユのことだとは思ってもみなかったけど。

『アッくん、超カッコいいの!!　超顔きれい！　背も高いし、バスケもうまいし、頭も良くて、最高！』
「へぇ、そりゃモテるだろうね〜。いいなぁ、そんな人がクラスにいて」
『でも超クールなの。あんまりしゃべってくれない〜』
「クール？　それって、ただシャイなだけなんじゃない？　真由香はかわいいんだから、話しかけたら絶対喜んでくれると思うよ」
『そうかなぁ？　じゃあ、頑張ってみる。この前消しゴム拾ってくれたし、優しい人だとは思うんだ』
「へぇ〜。頑張れっ！」

　私はそんな恋する真由香の相談にのって、いつも応援してた。
　真由香の恋バナを聞くのは楽しかったし。
　うらやましいと思うこともあったけど、ただ純粋にうま

くいってほしいと思ってた。

　聞いてて自分までドキドキしたり、ワクワクして。

　世界が広がっていく感じ。

　そして、お互い中3になったある日、真由香はある決心をする。

『美優、私、決めた。アッくんに告ってみる！』

「マジで!?　頑張れ〜!!　真由香なら大丈夫だよ！」

　中2の時からずっと好きだった彼に、夏休みに入る前、告白すると決めたのだ。

　……そしたらなんと、フラれてしまって。

　それでも真由香は彼のことがどうしても好きで、諦められないみたいだった。

『美優、どうしよう。やっぱりダメだった……。アッくん、今は誰とも付き合う気ないって……』

「えぇっ！　そうなんだ……。そんなに硬派だったの？でも真由香、ちゃんと伝えられてすごいよっ」

『そうかな。でもね、私、まだ諦めてないの。今回はダメだったけど、なんとかして振り向かせてみせようって』

「うん、その意気だよ！　それにほら、向こうはこれで真由香のこと意識し始めるかもしれないし」

『そうだよね。私、頑張ってみる!!』

　そして、そんな真由香を私は一生懸命励まして、応援してたんだっけ。

『アッくんとまた普通に話せるようになったよ！　卒業までにもう一回告白してみようかなぁ』
「いいんじゃない？　真由香の一途な気持ち、絶対伝わってるよ！」
『ありがとう、美優。美優がいてくれるから私、頑張れるんだよ』

　そのあと、真由香はまた卒業式の日にアッくんに告白して。
　だけどやっぱり返事は変わらず、フラれてしまったんだ。
　そして、それぞれ別々の高校に……。
　真由香はそれでもアッくんのことがまだ好きで、諦められなくて。
　そんな時出会ったのが、今の優しい彼氏。
　『忘れられない人がいてもいいから、俺と付き合ってほしい』という彼の熱心なアプローチに負けて、その人と付き合うことになったんだ。
　だけど、そんな時にこうして大好きだったアッくんと再会して、しかも、そのアッくんが私とデートをしていたなんて……。
　真由香は一体どう思ったんだろう。
　今思い返せば、真由香のあの話も全部アユのことだった

のかと思ったら、胸が苦しくて。

　とてもじゃないけどアユと付き合うなんて、言い出せなくなってしまったんだ。

　だって私はたぶんほかの誰より、真由香がアユのことを好きだったことを、知っているから。

　それなのに、アユとこのまま付き合って幸せになるなんて、できないような気がして。

　そもそも、私がシマシマを知ったのだって……。

『美優っ！　超いい曲見つけたから、教えたげる！』
「えっ、どんな曲？」
『シマシマっていうユニットの曲、聴いてみて！　アックんが好きだって言うから聞いてみたんだけど、名曲だらけでやばいよ！　私、超ハマっちゃった！』

　元はといえば、真由香が私に教えてくれたんだ。

　アックんがハマってるアーティストだっていうから。

　ということは、結局私は真由香を通して、アユからシマシマを教えてもらったことになる。

　そのシマシマをきっかけにアユと仲良くなったなんて、なんか不思議な縁だよね。

　アユと知り合った頃、最初思ったんだ。

　この人、口は悪いし感じ悪いけど、なぜか親近感が湧くんだよなぁって。

　その元から知っているような感覚はたぶん、そのせい

だったんだと思う。

　私は元からアユのことを知っていて、だからきっと自然と仲良くなれて。

　でもそれは全部、真由香の存在があったから……。

　そう思ったら、なんだか胸が痛い。

　だけど、あの時のアユのつらそうな顔を思い出すと、もっと胸が締め付けられる。

　後悔のような気持ちが何度も押し寄せてくる。

　アユのことが好きだって、ようやく自覚したばかりだったのに。

　まさかこんな事実を知ることになるなんて。

　私は一体、どうすればよかったんだろう。

「はぁ……」

　夏休みの宿題を放置して、私は今日もベッドの上でゴロゴロ。

「おーい、姉ちゃん！　寝てばっかいるとブタになんぞ！」

「うるさい！　ほっといてよっ」

「イケメンにフラれたからって、まだ落ちこんでるの？」

「……っ」

　花火のあと、私が泣いて帰ってきたものだから、なぜか啓太とお母さんの間では、私がアユにフラれたってことになってるみたい。

　まぁ、実際は私がフッてしまったんだけど。

　でもいちいち説明するのも面倒なので、そういうことに

しておいた。

「あんなイケメンと姉ちゃんが、釣り合うわけねーじゃん。
もう諦めろよ」

「わ、わかってるよっ」

　ムカつくけど、啓太の言うとおりだし。

　たしかによく考えたら私、アユと全然釣り合わない。

　見た目だってごく普通だし、頭だってよくないし、それ
に比べて真由香は私よりずっとかわいくて、女の子らしく
て。

　そんな真由香じゃなくて私のことを好きになるなんて、
どうしてなのかな。

　真由香のほうがアユとお似合いだったんじゃないのか
な。

　それなのに、アユのことをフッたあの日から、私はずっ
と抜け殻みたいで。

　気がつけば涙が出てきたり、アユと過ごして楽しかった
日のことを思い出して切なくなったり……なんだかずっと
モヤモヤしている。

　アユからは、あの日夜中に１通だけメッセージが来た。

【でも俺はずっと好きだから。これからも好きでいさせて】

　それを見たら、またひとりでわんわん泣いてしまった。

　そう言ってもらえてうれしい反面、その気持ちにこたえ
られないのが苦しくて。

　結局私はなにも返すことができなかった。

　それ以来、アユとは連絡を取っていない。

　ずっとこうして部屋にこもってる。

　なにをする気にもならず、ただいろんなことを思い出してばかりで。

　悲しいことに、大好きなシマシマの曲まで聴けなくなっちゃった。

　アユのことを思い出して切なくなるから。

　全部、アユのことばっかり……。

　自分の中でいかにアユの存在が大きかったかを、今さらのように思い知った気がする。

　だけどそんな時、ふと私の耳にシマシマの曲のメロディーが流れてきた。

「……あれ？」

　スマホの着信音。

　誰かから電話がかかってきたみたい。

　ハッとして画面を確認すると、それはアユから……なわけがなく。

「あっ、絵里……」

　しばらく連絡していなかった、絵里だった。

　そういえば私、絵里に『花火どうだった？』って聞かれたのも、まだ返事してないんだ。

　いろいろあってすっかり返信するのを忘れちゃってたけど、さすがに絵里、怒ってるかな？

　慌てて画面をスライドさせると、

『美優っ!!』

　案の定、お怒り気味の絵里の声がした。

「ご、ごめんっ、ちょっとスマホ見てなかったもんで……」

『違う！　そうじゃない!!　アンタ、歩斗のことフッたっってホント!?』

「えっ……」

『政輝から聞いたんだけど！　私、そんなの聞いてないんだけど!!』

　うっ……。

『ちょっと、どういうことか説明してくれる!?』

　そうだった。

　私、アユのことをフッたって、まだ絵里に話してなくて。

　というか、誰にも言ってなかったんだ。

　絵里はずっとアユとのことを応援してくれてたから、なおさら言いづらくて。

　絶対怒られると思ったけど、やっぱり怒ってるみたい。

　当然だよね。びっくりするよね。

　私だって、こんなつもりじゃなかったんだ。あのことを知るまでは。

「ご、ごめん……。いろいろ事情があって……」

『じゃあその事情、今すぐ話して』

「い、今すぐ!?』

『美優の家、行くから』

　そう言って絵里は電話を切ると、わざわざうちまでやってきてくれた。すごい早さで。

　だから私は絵里に、アユと真由香のことを全部話した。

　アユと花火に行って、すごく楽しかったこと。

　私もアユに惹かれていることに気付いて、そろそろ告白の返事をしようと思ったこと。

　そしたらその帰りに真由香とバッタリ会って、まさかのアユが、真由香の初恋の人だったこと。

　そしてその真由香の恋の相談を、私は昔ずっと聞いていたこと。

　真由香に対するうしろめたさから、アユをフッてしまったこと。

　全部……。

　絵里は終始顔をしかめたままだったけど、私の話をじっくり聞いてくれた。

「ふ〜ん。じゃあ、その真由香ちゃんが大好きだったアッくんが、歩斗だったわけだ」

「そう」

「真由香ちゃんがずっと片想いしてて、フラれても必死でアタックしてたことを、美優は知ってるわけね」

「うん」

「まぁ、それはたしかに複雑だよね」

「でしょ？」

「でも私からすれば、だからなに？って感じだけどね」

「えっ!?」

　絵里は涼しい顔をして、語り続ける。

「だって、それでも美優も歩斗のことを好きになっちゃっ

たんでしょ？　歩斗だって美優が好きで、両想いなわけで。今は真由香ちゃんだって彼氏がいるんだから、気にすることないじゃん。もう過去の話だよ」

　うっ……。

「そ、それはそうだけど……。でも、やっぱり気になるよ。真由香にとってアユは初恋の人で、今の彼氏と付き合う時もまだ引きずってたくらいだから」

　そう。真由香がどれだけアユのことを好きだったか私は知ってるから、すごく申し訳なく思っちゃうんだ。

　真由香はあの日、私とアユを見て、複雑そうな顔をしてたようにも思えたから。

　こんなモヤモヤした気持ちのままアユと付き合うなんて、できないと思った。

「でも、真由香ちゃんが今もまだ未練があるかどうかはわからないんでしょ？　それに彼氏がいる時点で、歩斗と美優が付き合っても、なにも問題ないじゃん」

「う、うん……」

　それはそうなんだけど。

　真由香はほんとにもう、未練はないのかな。

　私にとって真由香は親友みたいな存在だし、そんな彼女の好きだった人と付き合うっていうのは、やっぱりなんかうしろめたい。

「美優が考えすぎなんだよ。過去は過去だから。真由香ちゃんだって、ちょっとは複雑な気持ちがあるかもしれないけど、ふたりが両想いだったら納得してくれるって」

「そうかな……」

「そうだよ。それに、真由香ちゃんがどうであれ、歩斗が美優を本気で想ってることはたしかなわけじゃん。そんな歩斗の気持ちをないがしろにしていいわけ？　美優だってやっと気づいたんじゃないの？　歩斗が好きだって」

「……っ」

　そう言われると胸が苦しい。

　たしかに、これは私と真由香の事情で、アユは何も悪くないから。

　でも……。

「そうだけど、真由香に対してずっとうしろめたい気持ちを抱えたまま、付き合うなんて……」

　できないよって言おうとしたら次の瞬間、思わずポロっと涙がこぼれてきた。

　ダメだ。なんか最近ずっと涙腺（るいせん）がゆるくて。

　涙がどんどんあふれてきて、止まらなくなる。

　どうしてこんなに涙ばっかり出てくるんだろう。

　すると、そんな私を見て、絵里が言った。

「じゃあ、なんでそんなに泣いてんの？」

「えっ？」

「付き合えないとか言いながら、泣いてるじゃん。それってさぁ、結局後悔してるんじゃないの？　歩斗をフッたこと」

　絵里の瞳がまっすぐに私をとらえる。

「自分の気持ちに正直にならないと、あとで絶対後悔する

よ」

　その言葉が、グサッと胸に刺さったような気がした。

　あぁ、絵里の言うとおりだ。

　ホントは私、ずっと後悔してる。アユをフッたこと。

　アユに気持ちを伝えられなかったことを。

「まだ間に合うから、遅くないよ。もう一度考え直してみたら？」

　絵里にそう言われて、何かずっと閉じこめていたものがあふれだしてきたような気がした。

「うぅっ、絵里……」

　私がそのまま言葉を詰まらせると、絵里はそっと私の頭を撫でてくれて。

「もう、美優って鈍いのかと思えば、意外と変なこと気にするんだから」

「……っ」

　だけど次の瞬間、彼女はクスッと笑って言った。

「まぁ、美優の気持ちもわからなくはないけどね。でも、このまま歩斗にちゃんと気持ちを伝えないまま逃げちゃったら、もったいないでしょ？　私は絶対うまくいくと思うよ。歩斗となら。美優は歩斗といる時が一番キラキラしてるもん」

「そ、そうかな？」

「そうだよ。だから後悔しないようにしなよ。なんなら真由香ちゃんと一回話してみてもいいじゃん。自分の気持ちを正直に話して、ぶつかってみれば。いざとなれば、私と

政輝もついてるからさ」

「絵里……っ」

　その言葉がどれだけ頼もしかったことか。

　自分の気持ちを正直に……そうだよね。

　ホントはずっと後悔してた。ずっとつらかった。

　だから、このまま逃げてちゃダメだ。

　いつまでも、ひとりで嘆いてちゃダメ。

　真由香に話してみようかな。アユのこと。

　そしてアユにちゃんと伝えなくちゃ。

　私の本当の気持ち……。

苦しくてたまらない

「えー、文化祭の出しものについてなんだが……」

　夏休み、久々に登校したのは部活のミーティングのためだった。

　如月部長が数少ない部員の前で指揮をとる。

「何かやりたいことある人ー。僕はやはりパッチワークキルト展がいいと思うんだが」

「なんでもいいでーす」

「暑いから、早く帰りたいでーす」

「決定〜」

　やる気のない部員たちは、口々に適当な返事をして。

「わかった。じゃあ、多数決でパッチワークキルト展に決まりです」

　えっ、多数決？　今のが!?

「ということで、次期部長の石田は、僕と今日買い出しな」

「えぇっ!?」

　しかも、やりたくもないのに次期部長に任命された私は、ミーティングのあと、そのまま部長に買い出しへと連行されることになってしまった。

　どうしよう。そんなの聞いてないよ。

　それに、ハルカ先輩に相談しようと思ってたのに、なんで来てないんだろう。

　この暑いのに、今から買い出しだなんて。

　帰りたいよ〜！

「やあ、石田。今日も天気がいいね」
「は……はぁ。暑すぎて溶けそうなくらいです。それより部長、ハルカ先輩は？」
「あぁ、ハルカ？　ハルカはオープンキャンパスだよ」
「えっ、オープンキャンパス!?」
　そうか。よく考えたらハルカ先輩だってもう受験生なんだ。
　いつも自由気ままに過ごしている感じだったけど、さすが根はしっかり者。ちゃんと大学を見学に行ったりしてるんだなぁ。
「ハルカになんか用だったかい？」
「あ、いえ、べつに……」
　せっかくだからアユのこと、ハルカ先輩にも相談したかったのに、残念だな。
　まぁ仕方ないか。
　それより、これから買い出しっていうのをどうにかしたいよ。
　しかも部長とふたりって、長引きそう。
「とりあえずいつもの手芸用品店に寄っていこうか。それで、布をいくつか先に購入しておこう。あと、部の備品がいくつか切れてるから……」
「はい。お任せします」
　暑い中、汗ひとつかいていなさそうな部長の横を、汗ダ

ラダラで歩く私。

　ここ最近ずっと部屋にこもっていたせいか、ますます体力がなくなっている。

　すると、そんな時すぐうしろからポンと誰かに肩を叩かれて。

　ハッとして振り返ったら、なんとそこにはあの今井先輩がニコッと笑みを浮かべながら立っていた。

「よっ、久しぶり。美優ちゃん」

「えっ……」

　ウソ。どうしよう。

　今井先輩とはあのデートの日以来話してないから、なんだかとっても気まずいんだけど。

「お、お久しぶりですっ」

　私がなんとも言えない表情で返すと、先輩はニコニコ笑ったまま。

「夏休みも来てるんだ？　学校」

「あ、はい。手芸部のミーティングで」

「へぇー。偉いじゃん」

　少しの間沈黙が流れる。

　すると先輩は、そこでハッと思い出したように。

「そうだ。歩斗とは仲良くやってる？」

「えっ……」

　急にアユの名前が出てきたので、ドキッとしてしまった。

「いやぁ、俺もこの前のことはさすがに反省してるんだよ。だから美優ちゃんには謝らなきゃなと思ってさ。ごめんね」

　しかも、なぜか今さらあの時のことを謝ってくれて。

「い、いえ……っ」

「まさか歩斗に殴られるとは思ってもみなかったけどさ。まぁ、それだけあいつは美優ちゃんのことが大事だってことだよね」

　そんなふうに言われたら、ますますアユのことを思い出して、胸がギュッと痛くなる。

　そうだ、あの時だってアユはすぐ駆けつけてくれて、先輩に対して怒ってくれたんだもんね。

　それなのに、私……。

「だから、そんな歩斗のことをよろしくって言いたくて」

　そう言って私の目をじっと見つめてくる先輩。

　私はそれ以上何も言えない。

「それじゃ、またね」

　今井先輩はそれだけ告げると、サッと背を向けて手を振りながらスタスタと去っていく。

　私はなんだかあらためてアユをフッてしまったことが心苦しくなって、再び後悔の念に襲われてしまった。

　アユは今、どうしてるかな。

　何を思っているんだろう。

　やっぱり私、このままじゃダメだよね……。

　部長と手芸店巡りをしたあとは、100均で備品を買い揃え、さらに本屋でパッチワークの本を読み漁り、気がついたらいつの間にか日が暮れていた。

　つ、疲れた……。

　部長はなんだかんだすごい凝り性だから、手抜きという
ものを知らない。

　ほかの部員はみんな適当でやる気がないから、こういう
出しものなんかをやる時は、私やハルカ先輩が部長に合わ
せて頑張るしかないんだよね。

　歩き回って足が棒のよう。お腹も空いてクタクタ。

　そしたらちょうど、それを知らせるかのように。

　──ギュルル……。

　私のお腹から、間抜けな音が鳴った。

「あっ……」

「おや？」

　わぁ、恥ずかしい！

　すると、それに気づいた部長が。

「もしかして石田、お腹すいた？」

「は……はい」

「なんか食べて帰ろうか」

「えっ、いいんですか？」

　流れで、めずらしく部長とふたりでご飯を食べに行くこ
とに。

　私はもうお腹がすいて倒れそうで、なんでもいいから早
く食べたくて。

　夏バテ気味なのに食欲はあるなんて、ね。

　部長と私は、そのまま駅前のファミレスに入った。

　店はどうやら団体客がいるみたいで、混んでてざわざわ

している。

　私たちは、端っこの小さなふたり席に腰を下ろした。

　すると、部長が笑顔でひと言。

「なんでも好きなもの頼んでいいよ」

「えっ？」

　好きなものって……。

「今日は長々付き合わせて悪かったね。夕飯は僕のおごりだから」

「えーっ!?」

　まさかの男気に軽く感激する。

　今日はさんざん振り回されたって思ってたけど、部長ったら、一応悪いなんて思ってくれてたんだ。

　ちょっと見直しちゃうよ。

「じ、じゃあ、お言葉に甘えて」

　せっかくなので、それに甘えさせてもらうことにした。

　部長は気前よく「デザートまでいいよ」なんて言ってくれる。

　だけどさすがにそれは悪いかなと思って、かわりにドリンクバーをつけることにした。

　さっそく注文をすませて、ドリンクを取りにいく私。

「部長は何飲みたいですか？」

「僕はホットのダージリンで」

「了解です」

　だけどこんな暑い日でも、熱い紅茶を飲んじゃうところは、さすが部長って感じ。

「じゃあ私、取ってきますね！」

　ドリンクコーナーは団体客の席の近くで、にぎやかな声が響いていた。

　でもちょうど今は空いているみたい。

　よかった。

　うーん。暑いから、やっぱりアイスコーヒー？

　でも、メロンソーダも飲みたいしなぁ。

　紅茶を作りながら、あれこれ悩む。

　するとそこで、ふと聞き覚えのある声がして。

「ちょっと〜、アッくんダメだよ、エビ残したら！　ホント魚介類苦手だよね〜」

　……えっ？

「残してねぇし。あとで食うんだよ」

「ホントに〜？　絶対食べなきゃダメだよ？」

「いちいちうるせーな。食うよ、ちゃんと」

　その会話に、心臓がドクンと大きく飛び跳ねる。

　あれ？　今、なんか……アッくんって聞こえたような。

　しかもこの声は、真由香？

　おそるおそる振り返ってみると、そこには高校生くらいの団体客がいて。

　何かの打ち上げみたいに盛り上がっている様子が見えた。

　なんだろう。

　って、えっ!?

　だけど私がそこで目にしたのは、まさかのツーショット

で。

　ウソ……。

　みんなで輪になって話している中で、隣り合わせに座っている真由香とアユ。

　なにこれ。なんでふたりがここにいるの？

　それは、私が見たことがないくらい楽しそうな顔で笑う真由香と、苦笑いするアユの姿だった。

　途端に胸の奥がギュッと痛くなる。

　周りはそんなふたりを口々に冷やかして。

「なんだよ、お前らやっぱ仲いいじゃーん。付き合っちゃえば？」

「ホントホント！　お似合いだよ〜」

　そんなふうに言われた真由香は困ったように笑いながら。

「やめてよ〜！　私、彼氏いるからっ」

「でも今、ケンカ中なんでしょー？」

「うーん。そうなんだよね……」

「歩斗くんに乗り換えちゃえばいいじゃん！」

　なんて、思いもよらない会話の流れにヒヤッとする私。

「あはは、言われちゃった。どうしよっかなぁ」

　しかもそれにのる真由香。

　そしたらそれを横で聞いていたアユは、呆れた顔で。

「バカ、何言ってんだよ。さっさと仲直りしろよ」

「あははっ。そうだよねー」

　冗談でも一瞬ドキッとしてしまった。

　それにしても、どうしてこんなところにふたりが？

　中学の集まりかな？

　なんだか急にモヤモヤして、たまらない気持ちになる。

　私はふたりに見つからないように、急いでドリンクを作って席に戻った。

「お待たせしました」

　席に戻ると、部長が不思議そうな顔でじっと私を見てきて。

「どうした石田。元気ないぞ？」

「いえ、べつに……。そんなことないです」

　ダメだな、私。絵里に話して少しスッキリしたつもりが、またモヤモヤしてきちゃった。

　よりによってこんなところで、アユと真由香が一緒にいるのを見かけるなんて。

　あのふたり、実はけっこう仲がいいんだな。知らなかったよ。

　しかもアユ、思ってたより元気そうに見えるし。

　真由香もまさか、彼氏とケンカ中だなんて……。

　それでこんなふうにアユと再会したら、やっぱり気持ちが揺らいじゃったりするのかな。

　もしかしたら、今でも真由香はアユのことを……。

　今の会話を聞いてても、そんなふうに思えて仕方がないよ。

　どうしよう。

　さっきのふたりの光景が頭の中から離れない。

　部長の話を聞きながら、半分心はどこかへ飛んでいて。
　せっかく頼んだオムライスを味わう余裕もなくなってしまっていた。

「どうもありがとうございます。ごちそうさまでした」
　部長に言葉どおりおごってもらって外に出ると、いつの間にか午後7時を過ぎていた。
　なんだか部活といえど、1日仕事になっちゃったなぁ。
　外の空気は夜だけどじめっとしていて、まだ少し蒸し暑かった。
　駅の改札までふたりで歩く。
　すると、部長が急に変なことを言いだした。
「あ、あれはさっきの……」
「えっ?」
「抜け駆けしてイチャつくなんてやるなぁ、最近の若者は」
　ん?　なに言ってるの?　部長。
　部長だって若者じゃん。
　なんて思いながら部長の視線の先に目をやると、そこには信じられない光景があった。
　え、ウソ……。
　泣きながら男の子の胸に顔をうずめる女子と、そんな彼女の背中に手を添えながら、困った顔で見つめる彼。
　あれはもしかして……アユと真由香?
　気づいた途端、一瞬心臓が止まるかと思った。
　なにこれ……。どうしてふたりがここに?

　一体何が起きているんだろう。

　真由香はしっかりとアユの服を掴んで、何か言ってる。

　まるで私が恐れていたとおり、本当にアユへの気持ちが戻ってしまったのかと思うくらい。

　もしかして、告白でもしてるのかな？

　ウソでしょ……。

　私はその場に立ち尽くして、足が動かなくなる。

　だけどこれは、夢ではなく現実だった。

　とらわれたように、ふたりを見つめる。

　目が離せなくて。

　するとアユの視線がふと、こちらに向いた。

　バチッと目が合う。

「えっ」

　その瞬間、アユはすぐに真由香から離れた。

「……っ、美優！」

　慌ててこちらに駆けよってくるアユ。

　だけど私はなんだか頭がまっ白で、何をどうしていいかわからなくて。

　思わず背を向けて逃げだしてしまった。

　部長を置いて、アユもムシして、必死で走り続ける。

　改札を瞬時に抜けて、ホームへと駆けた。

「はぁ、はぁ……」

　どうしよう。こんなことって。

　あのふたりがまさか、抱き合ってるなんて思わなかった。

　どうして……？

　思わず涙があふれてくる。

　やっぱり真由香にとってアユは忘れられない人で、今でも特別なのかな？

　この前再会して、アユへの気持ちが戻っちゃったのかな？

　そう思ったら苦しくてたまらなくて。

　ホームにひとり立ち尽くしたまま、しばらく動けなくなってしまった。

ホントはね

　ブブブブ……。

　ブブブブ……。

　鳴り続けるスマホのバイブ音をムシし続けて、布団に潜りこむ。

　そしたらいつの間にか、電源が切れていた。

　ある意味ホッとして。

　そのまま充電器に繋がずに眠りについた。

　なかなか寝つけなかったけど。

　正直なところ、なにも考えたくなかった。

　さっきアユと真由香が抱き合っているのを見て、私はまた臆病な気持ちにとらわれてしまったんだ。

　真由香がアユのことをまだ忘れられていないんじゃないかって思ったら、やっぱり自分の気持ちに素直になる勇気がなくて。

　真由香の初恋の人であるアユの告白にＯＫするなんて、やっぱりいけないことなんじゃないかと思えてしまった。

　絵里はそんなの関係ないって言ってくれたけど、どうしても心苦しくて。

　それに、真由香は今彼氏とケンカ中だって言ってた。

　それもまさか、アユと再会したことが原因だったりするのかな……。

　真由香はアユの胸に顔をうずめて泣いてた。

つまり、それだけ気持ちが大きかったってことだよね。

あぁ、こんなに悩むならいっそのこと、保健室でアユに告白された時、すぐにＯＫしてしまえばよかったのかな。

それともあの日、真由香に会わなければ？

真由香の初恋のアッくんがアユだったってことを知らなければ？

そんな考えがぐるぐる回って、苦しくて。

あんなにも近かったアユの存在が、どんどん遠くへ離れていっているような気がする。

どうしてこうなっちゃったのかな……。

翌朝、目が覚めたら瞼（まぶた）が腫（は）れていて、とても重たかった。

最近私、泣いてばっかりだなぁ。

せっかくの夏休みなのにテンションは上がらないし、何か気を紛（まぎ）らわせるために、楽しいことをするって気にもならない。

──ピーンポーン。

だけど、そんな時、突然家のインターホンの音が鳴った。

一体誰だろう？　こんな朝から。

まさか……。

いやいや、アユはわざわざうちにまで来ないはず。

そう思ってベッドでゴロゴロしていたら、誰かが２階にバタバタと上がってきた。

「美優！　お客さんよー！」

お母さんの声だ。

　お客さんって、私に？　誰だろう。

「真由香ちゃんが来てるわよ！」

　えっ!?

　ウソッ。真由香？

　まさかの、今一番気まずい相手かもしれない彼女がうちにやってきた。

　ガチャッと部屋のドアが開いて。

　すると、そこにはニコニコ笑顔の真由香の姿があった。

「やっほ～、美優！」

「えっ、真由香!?」

　ウソでしょ。昨日あんなに泣いてたのに、すごい笑顔。

　私が複雑な顔でベッドから起き上がると、真由香は私の隣に腰かけた。

「今日は美優にちょっと話があって来たの」

「話？」

　そう言われてドキッとする。

　それってもしかして……『アックんのことがやっぱり忘れられない』とか？

　ありえなくはないよね。どうしよう。

　おそるおそる、真由香に尋ねてみる。

「は、話ってもしかして……アユのこと？」

「そうだよ！」

　ウソッ。やっぱり。

　じゃあ、もしかして真由香は……。

「か、彼氏と別れるの!?」

「えっ、なんで？　別れないよっ！」

「え？」

　私がきょとんとした顔でいると、真由香はそんな私を見てふふっと笑った。

「やっぱり。なんか勘違いさせちゃったよね？　ごめんね、私が悪いの。彼氏とのケンカがこじれちゃって、その話をたまたま会ったアッくんにしちゃったもんだから」

「え……」

「昨日私がアッくんに泣きついてるの、美優、見ちゃったんでしょ？」

「う、うん」

「あれは昨日、中学の同窓会があって。二次会のカラオケには参加しないで帰ろうとしたら、アッくんもちょうど帰るところだったから、彼氏のことを相談しちゃったんだ。というか、思わず誰かに頼りたくてグチっちゃって」

　真由香は急にマジメな顔で語り始める。

「きっかけはくだらないことなんだけど……。彼氏が元カノとの思い出の品を捨ててなかったから、それでケンカになったの。『まだ未練あるんでしょ!?』とか責めちゃってさぁ」

「そうだったの？」

「うん。それでアッくんに男子の意見を聞こうと思ってあれこれ話してたら、だんだん感情的になってきて、涙が止まらなくなっちゃって。思わずアッくんに泣きついちゃったの。アッくんめちゃくちゃ困ってたけどね」

「……えっ」

　ウソ。そういうことだったんだ。

　じゃああれは、アユへの気持ちが戻ったとか、そういうことじゃなくて？

　おそるおそる尋ねようとした私に、真由香が言う。

「もしかして美優、誤解しちゃった？　私がまだアッくんに未練あるって」

「……っ」

　図星をつかれて一瞬ギクッとしたけれど、そうじゃないんだとわかって心底ホッとしている自分がそこにいた。

「う……うん。ごめん」

「やだ〜、違うよ。さすがにもう未練はないってば」

「ほんとに？」

「うん。たしかにアッくんは初恋の人ではあるけど、今はもうなんとも思ってないし、今回ケンカしてみて私、あらためて今の彼氏のことが大好きだって自覚したっていうか」

　そう言ってほほ笑む真由香は、なんだかとても落ち着いて見える。

　もしかして、彼氏と無事仲直りできたのかな？

「最初は押しに負けて付き合った感じだったけど、私のことをすごく大事にしてくれるし、私のダメなところも全部受け止めてくれる人でね。一緒にいてすごく楽だし、自然体でいられるの。アッくんのこと、あの頃は必死で追いかけてたけど、今思えば憧れに近かったのかなぁって」

「そ、そうなんだ……」

「そう。だから、美優は私のことなんて気にしなくて大丈夫だからね。私はもうアッくんのことは完全に吹っ切れてるし、美優とアッくんはすごくお似合いだと思うし！」

　真由香はそう言うと、私の肩をポンと叩いてくる。

　その言葉で一気に肩の力が抜けた私。

「真由香……」

「ふふ。美優は優しいから、私に気を使って遠慮してくれてたんでしょ？」

　そう聞かれて、コクリとうなずく。

「う、うん。だって、真由香の初恋の人だし、真由香がどれだけアユのことを好きだったか私知ってるから、なんかうしろめたかったっていうか。私もアユを好きになったりしたら、悪いのかなって……」

　正直に気持ちを話したら、真由香は眉を下げクスッと笑った。

「やだもう。美優ったら、お人好しだなぁ。もし仮に私がアッくんに未練があったとしても、そういう遠慮はナシだよ。アッくんを好きならちゃんと付き合って。私のせいで両想いふたりが付き合えないなんて、それこそつらいよ。私と美優の仲でしょ？　気を使わずなんでも話してよ」

　そう言われてハッとする。

　そっか。たしかに私、真由香に気を使っていたつもりが、逆に真由香を疑うみたいになっちゃって、それもよくなかったよね。

「う、うん。そうだよね。ごめんね」

「ううん、いいの。私のほうこそごめん。実はアッくんから昨日聞いたんだ。美優に告ったけどフラれたんだって。それって私のせいだよね？」

「えぇっ！」

　ウソ。ちょっと待って。

　まさかアユが、真由香にそんなことを話していたなんて。

「でもアッくんは、諦めるつもりないって言ってたよ。すごいよねぇ。クールなのに、ああ見えて実は一途なんだね。美優ったらうらやましい～！」

　そう言われると、なんだか胸がキュッと痛くなる。

　あぁ、アユがあのメッセージで言ってたことは本当だったんだ。

　それなのに、私ったら……。

　私が思わずうつむくと、真由香がじっと顔を覗き込んでくる。

「ねぇ美優。美優だって本当は、アッくんのこと好きなんでしょ？」

「……うん」

　おそるおそるうなずいたら、真由香がギュッと手を握ってきた。

「ほら、やっぱり。だったらちゃんと気持ち伝えなくちゃ。自分の気持ちに素直にならないと、あとで後悔するよ」

　たしかに、そのとおりだ。

　私はずっと後悔してた。アユのことをフッてしまったあ

の日から。

　真由香に遠慮して、自分の気持ちにフタをして、見ない
フリしようとしてた。

　でも、それじゃダメだよね。

　こんなことなら最初から、真由香にちゃんと話してみれ
ばよかったなぁ。

「うん、ごめんね……。私ったらひとりでいろいろ悩ん
じゃって、真由香にもアユにもすごく失礼なことしちゃっ
たよね。ほんとは自分の気持ちに気づいてたのに、正直に
言えなくて。勝手に遠慮して、結局後悔してたんだ」

「うん、わかってるよ」

「でも、もう自分の気持ちから逃げるの、やめるね。真由
香に言われてあらためて気づいたの。やっぱり私はアユの
ことが好きなんだって。ちゃんとアユに気持ちを伝えよ
うって」

　そう言って真由香の手をギュッと握り返す。

「こう思えたのも、真由香のおかげだよ。ホントにありが
とう」

　そしたら真由香はニコッと笑ってくれて。私も思わず笑
顔になった。

　あぁ、今あらためて思い出した。

　私たちは子どもの頃からずっと仲良しで、こんなふうに
なんでも話し合ってたんだもんね。

　だから、これからも何があっても隠しごとなんてしない
で、正直に話そう。

　そしたらきっと、お互い一番の理解者になれるような気がする。

「あ、そういえば……」

　するとそこで、真由香はふと思い出したように。

「昨日美優、すごく爽やかなイケメンと一緒にいたけど、あの人誰なの？」

「えっ」

　あの人って、まさか……部長のこと？

「いや、あの人は同じ手芸部の部長で……」

「あ、そうなんだ。いやー、あの時美優はいきなり走って逃げちゃったでしょ？　そしたらその男の人が、うちらに『うちのツレがどうも失礼いたしました』とか頭下げてきて。それを聞いたアッくんが『ツレってなんだよ』とか言って怒ってたから、どういう関係なのかなぁって」

「……ブッ！」

　真由香の言葉に思わず吹き出しそうになる。

　やだ、ウソでしょ。

　部長ったら、また誤解されるような言い方を……。

　困ったなぁ。

　でも私、よく考えたら部長のこともほったらかして勝手に帰ってきちゃったんだよね。

　そう考えるとなんだか申し訳ない。おごってもらったくせに。

　あとで謝っとかなきゃ……。

「いや、部長とは全然そういうのじゃないよっ。昨日は部

第3章 >> 267

活の買い出しに付き合わされて、その帰りにご飯を食べて
帰っただけで……」
「あぁ、そういうことだったのね。てっきり私、いい感じ
の人がほかにもいるのかと思っちゃったよ。美優、やるじゃ
んって！」
「違う違う！　そんな人ほかにいないからっ」
「なぁんだ、よかった～。これでアッくんも安心だね！」
「う……うん」
「あー、私もいいかげん電話出てあげようかなぁ」
「えっ？」
　真由香はそう言うと、かわいいピンクのカバーつきのス
マホを取りだした。
「実は昨日の夜帰ったあと、彼氏からメッセージが来てね。
『元カノのもの全部捨てたから。今俺が好きなのは真由香
だけだよ』って」
「わぁっ、よかったじゃん！」
「それからまだ返事してないんだけど、そろそろ電話に出
てもいい頃だよね？　ホントはそのメッセージが来た時点
で許しちゃったんだけど、すぐ返事するのも悔しいなぁっ
て思って」
「た、たしかに……」
　なんだ、だから元気だったんだ。
　やっぱり真由香ったら、ちゃんと愛されてるんじゃない。
　でも、それであえてすぐ電話に出ないところが、さすが
真由香って感じだなぁ。

　なんだかんだ彼氏のこと、尻に敷いてるのかも……。
「うんっ。電話出てあげなよ。そこまでしてくれたんだもん。
それだけ真由香のことが大事ってことだよ。よかったね。
私もなんかホッとした」
　私がそう言うと、真由香はふふっと笑う。
　そして、私の肩をポンと叩くと。
「ありがと。でも、それを言うなら美優もね。アッくんか
らの連絡、ずっと返事してないでしょ？」
「……っ」
　そう言われてみれば、そうだった。
　それにしても真由香ったら、なんで知ってるんだろ。
「だから私が誤解を解きにきたのもあるんだからね！
ちゃんとアッくんと話し合って、今度こそ自分の気持ち伝
えて。むしろ、今から直接アッくんの家に行ってもいい
し！」
「う、うん」
「てなわけで、善は急げだよ！」

いいかげん俺を好きになれよ

　そんなこんなで真由香に背中を押されて、私は今からアユに会いに行くことにした。

　真由香も彼氏に会いに行って、ちゃんと仲直りするみたい。

　真由香と話したおかげで、私も勇気をもらえた。

　ずっとクヨクヨ考えてたのがバカらしくなって。

　アユからの電話にも出ずに逃げてばかりだったけど、今度こそちゃんと伝えようと思った。

　この前言えなかった、ホントの気持ち。

　アユのことが好きだって気持ち。

　お気に入りのワンピースに着替えて、真由香にメイクをしてもらって。ふたりで一緒に家を出た。

「それじゃあまたね。頑張るんだよ、美優。報告待ってるから！」

　真由香は笑顔で手を振ってくれた。

　なんだか不思議な気持ち。

　アユのことを大好きだった真由香に、こんなふうに応援してもらえるなんて。ちょっとジーンとしちゃうな。

　真由香がここまでしてくれたんだから、私ももう逃げるわけにはいかない。

　電車に乗ってひと駅の、アユの家へと向かう。

　駅を出て住宅街のほうへと向かう途中、朝方降った雨が

水たまりでいくつか残っていた。

　サンダル姿でそれを踏まないように気をつけて歩く。

　すると、あっという間にアユの家に着いてしまった。

　やばい、なんか緊張してきちゃった……。

　インターホンを押すか、押すまいか。それとも電話で呼び出すか、迷っていたところ。

　ちょうど私のうしろを、自転車が勢いよく通り過ぎて。

「きゃっ!?」

　ヒールが高いサンダルを履いていた私は、バランスを崩してしまい、地面に前かがみに倒れこむ。

　そして、あろうことか目の前の水たまりに、思いきり膝をついてしまった。

「……っ。いったぁ……」

　わぁ、最悪。何やってるんだろう、私。

　今から告白するって時にかぎって、こんな……。

　思わず泣きそうになった。

　だって、せっかくのワンピースがびしょ濡れだし。

　アユだってこんな姿を見たら、びっくりするよね。

　やっぱり1回帰って着替えてこようかな……。

　そう思って、引き返そうとした時だった。

「なんで俺が買い物に付き合わなきゃいけないんだよ」

「うるさいっ。文句言わずについてくる！　今日はいろいろ買うから荷物持ってほしいの。アンタいたらナンパ除けになるしね〜」

「はぁ？　知るかよ。そんなの彼氏呼べばいいだろ」

　アユの家の玄関のドアが開いたかと思うと、話し声がこちらに向かって近づいてきて。

　思わずドキッと跳ねる心臓。

　こ、この声は……アユと、お姉さん？

　やばい。ちょっと待って。心の準備が。

　それに、この格好じゃ……。

　慌てて気づかれないように背を向ける。

　だけどふたりはすぐそこまで来ていて、どうしようとひとりでうろたえていた、その時。

「えっ、美優？」

　うしろからアユの声がした。

「美優だろ？」

　わわっ、気づかれちゃった！

　焦ってその場から走り出した私を、アユが呼び止める。

「おい、待てよっ！」

　だけど足の速いアユに、サンダル姿の私は一瞬にして捕まってしまって。

　腕をグイッと掴んで引きよせられる。

「今度こそ逃がさねぇから」

「ちょっ、ちょっと待って。あの……っ」

「待たない」

「……っ」

　向かい合ってまっすぐ見つめられたら、もう逃げられなかった。

　ど、どうしよう。アユだ。

　自分から会いに来たくせに、いざ顔を合わせたら、急に
また恥ずかしくなる。

　だけど、それ以上になんだかうれしい。

　こうしてちゃんと目が合って、向き合って話せているこ
とが。

　アユの真剣なまなざしに、胸の奥がギュッとなる。

「何してんだよ。ここで」

「あ、あの、えーと……っ。それよりアユ、お姉さんのこ
とはいいの？」

「え、姉貴？　いいんだよ、そんなことはどうでも。それ
より俺はお前に話が……」

「誰がどうでもいいって？」

　その声にギクッとしておそるおそるアユのうしろを見る
と、そこには腕を組んで怖い顔をしたお姉さんの姿が。

　や、やばいっ。やっぱり今はタイミング悪かったかな？

「ほら、ダメだよっ。やっぱり買い物行ってきていいよっ！」

「行かねぇよ。せっかく会えたのに」

「えっ……」

「ちょっとー。なんか私、ずいぶんお邪魔っぽいんですけど」

　お姉さんはそう言って口をとがらせると、ふぅっとため
息をついて。

　アユの顔を横からじっと覗き込んだかと思うと、ジトッ
とした目つきで尋ねる。

「これはなに？　気を利かせて私はどっか行ったほうがい
いわけ？　ねぇ、歩斗」

　するとアユは、

「悪い。ちょっとコイツとふたりきりにして。どうしても
今話したいから」

　さっきまでの生意気な態度とはうって変わって、急にマ
ジメな顔でお願いをする。

　それを聞いたお姉さんは、ふっと軽く笑って、それから
アユの肩をポンと叩くと。

「はいはい、わかったわよ。仕方ないなぁ。そのかわり、
今度なんかおごりなさいよー」

　そう言って、手をヒラヒラさせながら去っていった。

「偉そうに……」

　ボソッとつぶやくアユ。

　でも、そんなふたりのやり取りを見ていたら、実はけっ
こう仲がいいのかもって思えて、少し微笑ましかった。

「ごめん。お姉さんと一緒だったのに、なんか悪かったね」

「いいんだよ。元はといえば、姉貴が無理やり誘ったんだし。
それより美優、もしかして俺に会いに来たの？」

　そう聞かれてドキッとする。

　あぁ、そうだった。

　私、今からアユに告白するつもりで。

「う、うん。まぁ……」

　どうしよう。やっぱり照れくさいよ。

「マジかよ。じゃあなんでさっき逃げようとしてたんだよ」

「あ、あれはだって、水たまりで転んで服が濡れちゃって、
恥ずかしかったから……」

　私が正直に話したら、アユは私のワンピースのすそに目をやると、クスッと笑った。

「なんだよそれ。べつにそんなの気にしねーよ。美優が会いに来てくれただけで、俺はうれしいし」

「……っ」

「メッセージも返ってこねぇし、電話も出ねぇし。もう普通に話せないかと思ってた」

　その言葉に胸がズキンと痛む。

　あぁ、私やっぱりアユのこと、傷つけてたんだ。

「ご、ごめんね。私、この前の花火大会で真由香とアユが知り合いだったって知って、ちょっと混乱しちゃって。真由香が中学時代ずっと好きだった人が実はアユだったんだと思ったら、すごく戸惑っちゃったっていうか……」

「あぁ。倉田から聞いてたんだろ？　いろいろ」

「う、うん」

「中学の時、俺との話を毎回お前にしてたって、倉田から聞いたよ。まさか美優とあいつが従姉妹とは俺も知らなかったし、びっくりしたけど」

　そう言って困ったように笑うアユ。

「それに、あいつもなにを思ったのか、彼氏とケンカしたとか言って、同窓会で俺に泣きついてくるし。それを美優に見られるし。もうダメかと思ったよな。しかもお前はあの部長とデートしてやがるし」

　えっ、デートって……！

「ち、違うよっ！　あれは部活の買い出しで。帰りにたま

たまご飯をおごってもらっただけだよ」

「ふーん。おごってもらったんだ」

「あ……うん」

「まぁ、だからって俺は諦めないけどな」

　アユは私をまっすぐ見下ろす。

「言っただろ、ずっと好きだって。たとえお前にまた断られたとしても、俺は諦めない」

　その真剣なまなざしに、心臓がドクンと高鳴る。

「そう簡単に諦められるほど、中途半端な気持ちじゃねぇから」

「……っ」

　そう言われて、なんだか泣きそうになってしまった。

　私はひとりで臆病になっていただけだった。

　真由香にまだ未練があったらどうしようとか、アユと付き合う資格がないんじゃないかとか、そんなふうに勝手に思い込んで。

　自分の気持ちにフタをすることで、逃げていたんだ。

　アユはずっと変わらず、私を好きでいてくれたのに。

「ありがとう……。あのね、私、自信がなかったの。アユはイケメンだし、なんでもできるし、真由香もずっと私の憧れの存在で……」

　そう。あの時は、自分の気持ちに正直になる勇気がなくて。

「そんな真由香の初恋の人と、自分が付き合ってもいいのかなって。真由香に悪いんじゃないかって気持ちと、私な

んかでいいのかなって気持ちがあって。臆病になっちゃっ
てたの。ごめんね……」

　言いながら涙がこぼれてきた。

　でもこれが、私の正直な気持ち。

　するとそこで、アユの手がそっと伸びてきて、私の目も
とに優しく触れた。

　まるで涙を拭（ぬぐ）うかのように。

「俺だって、自信なんかねぇよ」

「えっ……」

「俺もずっと不安だったから。嫌われたかもとか、調子に
乗りすぎたんじゃねぇかとか、いろいろ考えて。美優の態
度に一喜一憂してた。もう無理かもしんねーって、何度も
思ったし」

　う、ウソ……。アユが？

「でも、やっぱり美優だけは諦めたくなかった。今までずっ
と一緒にいて、お前がそばにいなくなるなんて考えられな
かった」

「アユ……」

「どうしても好きなんだよ。こんなにマジになったの俺、
初めてだし。だからお前が自信なくす必要なんかねぇし、
もしそれでもまだ不安だって言うんなら……お前がうぬぼ
れるくらい、これから俺が好きだって言ってやる」

　そんなふうに言われたら、涙があふれて止まらなくなっ
てしまった。

　アユのまっすぐな気持ちに、胸が熱くなる。

　　アユは私のことを、ずっと見ていてくれたんだ。

　　私が思ってた以上に、私のことを想っていてくれた。

　　なのに私は、逃げてばかりで。本当にごめんね。

「うぅっ……。うん」

　　私が泣きながらうなずくと、アユは私をギュッと強く抱きしめた。

「だから、もういいかげん……俺を好きになれよ」

　　耳元でアユの低い声が響く。

「お前のこと、誰より好きだって自信だけはあるから」

　　胸の奥がきゅうっと締め付けられる。

「いいかげん……俺じゃ、ダメ？」

　　そんなのもう、答えは決まっていた。

　　もう逃げない。

「……いい。アユがいい。っていうかもう……」

　　アユの背中にしっかりと手を回す。

「好きだよっ」

「えっ？」

「好き……。私も、アユが好き。ずっと気づかなくて、言えなくて、ごめんね」

　　やっと言えた。

　　涙で顔がボロボロになってる。

　　だけどすごく幸せで、晴れ晴れとした気持ち。

　　アユは私をさらにギュッと力強く抱きしめる。

「……っ、マジかよ」

「うん」

「信じねぇ。もう1回言えよ」

　……えっ？

「好き」

「もう1回」

　えぇっ！

「す、好き……」

「俺の目、見て言って」

　アユはそう言って体を離すと、私の顔を覗き込む。

「え、えーと、好き……んっ！」

　その瞬間、唇をふさがれた。

　あれ？　ちょっ、ちょっと〜！

　だけどそれは、温かくて優しいキスだった。

　アユの気持ちが心の芯まで伝わってきて、体中アユで
いっぱいになるみたいな。

　戸惑いながらもそっと目を閉じる。

　どうしよう。幸せかも……。

　そのまま私たちは、何度もキスをした。

　まるで遠回りした時間を埋めるみたいに。

　ずっとずっと近くにいたのに、なかなか気づくことがで
きなかった大切な存在。

　アユはゆっくり唇を離すと、私を再びじっと見つめなが
ら優しく微笑んだ。

　目が合うとなんか照れくさいけど、やっぱり幸せ。

　想いが通じ合うって、こんな幸せなことなんだ。

　今日から私たちの、新しい関係が始まるんだね。

「……なぁ」

「ん？」

　ふとアユが尋ねる。

「もう俺ら、友達じゃないよな？」

　そ、それは……。

「もちろんっ」

　私がはっきりとうなずくと、アユはふふっとうれしそうに笑う。

「やっとつかまえた、美優のこと。だってお前、俺のこと全然眼中になかったもんな」

　そう言われるとちょっと心苦しい。

「そ、そんなことないよ？」

「ウソつけ」

「いや、でも……イケメンだとは思ってたよ？」

　なんて苦笑いする私を見て呆れたように笑うと、コツンと額を叩いてくるアユ。

「いたっ」

　そして私の手首を掴んだかと思うと、じっと顔を覗き込んできて。

「言っとくけど俺、もう我慢しねぇからな」

「えっ？」

　我慢って。

「美優のこと全部俺のものにするから、覚悟しろよ」

「……っ」

　そのセリフにドキッとして思わず赤くなったら、次の

瞬間ギュッとまた強く抱きしめられた。

　ちょっと待って。覚悟しろって、どういう意味なのかな？

　っていうか、俺のものなんて言われたら、なんかドキド
キしちゃうんだけど……。

　でも、照れくさいけどちょっとうれしい。

　だって私、今日からアユの彼女ってことだもんね。

　今までとは違うこの距離感も、すべてが愛おしく思える
から。

　私たちはずっと友達で、それは変わらないと思ってた。

　だけど小さな積み重ねが、両想いっていう奇跡に繋がっ
た。

　本当は、はじめから決まっていたのかもしれないけどね。

　私が一番、私らしくいられる場所。

　それはきっと、あなたの隣──。

　＊fin.＊

特別書き下ろし番外編

じゃあ全部、俺にちょうだい。

【歩斗side】

　　──ピーンポーン。

　インターホンの音が鳴って、玄関の扉を開ける。

　すると、そこには手にたくさんの荷物を抱えた美優が
立っていた。

「おじゃましまーす」

「おう」

　さっそく彼女を中へと招き入れる。

　だけど、よく見ると美優の体は半分雨で濡れていて。

「おい美優、なんかすげー濡れてるけど……」

　俺が思わず声を掛けたら、美優はえへへ、と眉を下げて
笑った。

「あ、そうなの。だって、プレゼントとケーキが濡れない
ように、必死で傘でガードしてたから」

「マジかよ。風邪ひくだろそれ」

「大丈夫だよ」

　そういう美優は、確かに大事そうに手に箱や袋を抱えて
いる。

　今日は日曜で、しかも俺の誕生日だから、美優がお祝い
したいと言ってうちに来てくれた。

　料理苦手なくせに、わざわざケーキも手作りしてくれた

らしいし。

　こうやって張り切ってくれているのを見ると、やっぱり嬉しくなる。

　誕生日を彼女に祝ってもらえるってのも、初めてだしな。

　美優と付き合うようになってからもう３か月以上経つけど、今でも美優が自分の彼女なんだと思うと、どこか夢なんじゃないかと思う自分がいて。

　ずっと俺の片想いだったのが、やっと報（むく）われたわけだし。

　今までみたいに美優の鈍さにヤキモキしたり、気持ちを隠したりなんてしなくていいし、何より美優も俺のことを好きでいてくれるんだと思うと、すごく幸せに感じる。

　美優を部屋まで連れていった俺は、とりあえずバスタオルとペットボトルの飲み物を用意して、また部屋へと戻ってきた。

「はいこれ、タオル。あと、美優の好きなコーラ持ってきた」

「わぁ、ありがとう！」

　美優はそれを受け取るなり、濡れた髪や服を拭く。

　俺はとりあえず彼女の隣に腰かけたけれど、その時美優が上に着ていたパーカーを脱ぎ始めたので、思わずドキッとしてしまった。

「うわー、なんか結構濡れちゃってるから、パーカー脱いじゃうね」

　ノースリーブのワンピース姿になった美優は、なんだかいつも以上に色っぽく見えて、色々ヤバい。

　マジかよ。なんで今日に限ってそんな大人っぽいワンピ

着てんだよ。

　そんなカッコでいられたら、平常心保てる自信ないんだけど……。

「だ、大丈夫かよ。ドライヤーとか貸す？」

「ううん、髪はそこまで濡れてないから大丈夫だよ」

　目のやり場に困った俺は、とりあえず飲み物でも飲んで気を紛らわせることにした。

　ローテーブルの上に置いたコーラを手に取り、ペットボトルのふたを開ける。

　すると、その瞬間なぜかプシュッとデカい音がして、中からコーラが勢いよく飛び出してきて。

「うわっ」

　俺が着ていたTシャツに見事にかかってしまったので、思わず顔をしかめたまま固まった。

　ウソだろ……。このコーラ、どっかで落としたっけ？

　俺まで服濡らすとか、マジで何やってんだろ。

　すると、そんな俺を見ていた美優が、クスクス笑いだす。

「あはは、アユまで濡れちゃった〜」

「最悪……。このコーラ、絶対誰か振ったか落としただろ」

「ふふ、そうかも。でも私たち、お揃いだね」

　ニコニコしながらそう言う美優を見て、さりげなく手をギュッと握り、顔を覗き込む俺。

「じゃあもう、一緒にシャワーでも浴びる？」

「えっ？」

「濡れたついでに」

　そしたら美優は途端に顔を真っ赤にさせて、うろたえはじめた。

「な、何言ってんのっ。冗談……」

「いや、美優がよければ俺はいいけど」

　そう言って、片手でそっと美優の髪をすくい上げる。

　そしたら美優は、顔をますます赤くさせて。

「無理無理、恥ずかしいよっ！」

　思わずププッと笑ってしまった俺。

「冗談だよ」

　さすがに本気でそんなこと言わないけど、真に受けて赤くなってる美優がかわいくて、もっとからかいたくなる。

　付き合うまでは、俺のことなんか全然意識してなさそうだったくせに、今はちょっとしたことでもすぐに照れるから、それがまたかわいくてたまらない。

　ホッとした様子の美優の頭にポンと手を乗せる。

「じゃあ俺、着替えてくる。ついでに美優のパーカー乾燥機で乾かしてくるわ」

「う、うん。ありがとう」

　そして俺は、とりあえず濡れた服を着替えるため、再び部屋を出た。

　部屋に戻ったあとは、さっそく美優が作ってきたケーキを食べようということになった。

「それじゃ、開けるね」

　美優がテーブルの上に置いた箱からケーキを取り出し、

俺に見せてくれる。

　するとそこには、チョコクリームでデコレーションされたケーキに『アユおめでとう』と書かれたプレートが乗っていて。

　クリームの乗せ方がちょっといびつなところがまた美優らしくて、微笑ましかった。

「ちょっと下手かもしれないけど、2時間かけて頑張って作ったんだよ」

「マジで？　すげぇじゃん。まさか手作りしてくれると思わなかった」

「ふふふ、偉いでしょ。それじゃロウソクつけるね」

　美優がそう言ってケーキにロウソクを刺し、ライターで火をつける。

　そして手を叩きながらハッピーバースデーの歌を歌ってくれた。

「アユ、お誕生日おめでとう〜！」

　あらためてこんなふうに祝ってもらえると、なんだか照れる。

「ありがとな。すげぇうれしい」

「ほんと？　よかった」

「じゃあ、ケーキ食べてみてもいい？」

「うん、いいよっ」

　美優がケーキを皿に切り分けてくれて、さっそく一口ぱくっと口にする俺。

　すると、ふわふわのスポンジにたっぷりのクリームが

乗ったそれは、とっても甘くておいしかった。

「あ、うまい。上手じゃん」

　俺がそう口にすると、ホッとしたように顔をほころばせる美優。

「ほんと？　よかったぁ〜。失敗したらいけないから、ちゃんと練習したんだよ。今日はうまくできてよかった」

「マジかよ。練習までしたの？」

「うん。だって、せっかくのアユの誕生日だもん」

　そんなふうに言われたら、ますます嬉しくなる。

「まぁ俺は、美優が俺のために作ってくれたってだけで嬉しいけど」

「へへへ。ありがと」

　するとそこで美優は、上目遣いで俺をじっと見上げたかと思うと。

「あのね、今日は私、アユにとって最高の一日にしたいなって思ってて。だから、なんでもアユの言うこと聞いてあげる」

「えっ？」

　思いもよらない発言に、ドキッとする。

　なんでも言うこと聞くってそれ、本気かよ。

　そんなこと言われたら、変な期待するんだけど……。

「それ、ほんとになんでもいいの？」

「うん。料理でも、マッサージでもなんでもするよ！」

「へぇ。じゃあ何お願いしようかな」

　そう言ってチラッと美優に目をやった時、美優の指に

チョコクリームがついているのが目に入って。

　すかさず彼女の手をサッと取り上げる。

　そして、そのクリームを俺がペロッと舐めて顔を上げたら、美優はその瞬間驚いたように目を見開き、顔を真っ赤にさせていた。

「えっ、あ、アユ!?」

「だって、手にクリームついてたし」

「そ、そうなの？　ビックリした……」

　そういうピュアな反応をされると、ますますもっと美優に触れたくなる。

「プッ。なんでそんな赤くなってんの？」

「だ、だってアユが……っ」

「あーもう、かわいすぎ」

　俺はそのまま握っていた手を引っ張って、美優の唇にそっと口づけた。

「……んっ」

　ほんのりとチョコレートの甘い香りがして、その甘さがまた俺の理性を揺るがす。

　そっと唇を離し目を合わせ、美優をじっと見つめる。

「美優、好きだよ」

　そしたら美優はますます顔を赤くして、小さな声で。

「わ、私も……大好き」

　そのあまりのかわいさにキュンときた俺は、無意識のうちに美優のことをギュッと抱きしめていた。

「わっ、アユ……っ」

　あぁもう、やっぱ俺、今日こそ我慢できる気がしないんだけど。

　正直なところ、今まではずっと我慢してきた。

　美優のことは大事にしたいし、無理矢理手を出すなんてことはしたくないし。

　こうして二人きりになるたびに、美優にもっと触れたいという気持ちと、大切にしたい気持ちが葛藤してた。

　だけど、今日の美優はやけに素直だしかわいすぎて、そろそろ俺も我慢の限界かもしれないなんて思う。

　思わずさっきの美優の言葉が、頭にチラつく。

『なんでもアユの言うこと聞いてあげる』

　だったらもう言ってやろうかな。

　じゃあ美優のこと全部ちょうだいって。

　正直このまま離したくないんだけど。

「なぁ美優……」

　そしたら美優はその瞬間、ハッとしたように。

「あ、そうだ！　そういえば、プレゼント渡さなきゃ！」

　そう口にしたかと思うと、俺の腕からサッと抜け出して、部屋の角に置いてあった紙袋を取りに行った。

　そして、俺の元へと戻ってくると。

「これ、プレゼントも用意したの。もらって」

　ニコニコしながらそれを手渡してきたので、両手で受け取る。

「あぁ、サンキュ」

　おかげでせっかくのムードはどこかいったけど……まぁ

いいか。

　こういうの、いつものことだし。

　それにプレゼントまで用意してくれたのは、素直に嬉しいし。

　紙袋を開けると、中にはチェック柄の紺色のマフラーが入っていた。

「わ、マフラーじゃん」

「うん。これから寒くなるし、使えるかなぁって思って」

「ありがと。じゃあ毎日これつけて学校行く」

「ほんと？　うれしい！　あ、よかったらさっそくつけてみてよ」

　美優に言われて、さっそくそのマフラーを自分の首に巻いてみる。

「わぁ、似合ってるね！」

　美優はそう言って嬉しそうに笑うと、スマホを手に取りこちらに向けてきた。

「写真撮ってもいい？」

「いいけど」

　──カシャッ。

　シャッター音が鳴って、すぐさま画面を確認した美優はその写真を俺にも見せてくれる。

「見てみて。どうかな？」

「いいじゃん。俺、こういう色好きだし。大事にする」

「よかったぁ。気に入ってくれて」

　だけどそこで、ふと思いついた俺は。

「っていうか、せっかくなら一緒に撮らねぇ？」

　すかさず自分のスマホを手に取ると、美優の肩をギュッと抱いた。

「あ、そっか」

　二人で肩を寄せ合い、カメラのレンズを見つめ、何枚か写真を撮る。

「うまく撮れた？」

「うん。ほら」

「わぁ、ほんとだ。いいね、アユの誕生日記念写真」

　嬉しそうに笑う美優の頭に、ポンと手を乗せる。

「じゃあ、これからも毎年俺の誕生日祝ってよ」

「うん。もちろんだよっ」

「ずっと一緒にいるって約束して」

　俺がそう言ってじっと顔を覗き込んだら、美優ははにかみながらもまたうなずいてくれた。

「うん」

【美優side】

　今日はアユの誕生日。

　アユと付き合うことになってから初めて迎える彼の誕生日だから、張り切って色々準備した。

　プレゼントも用意して、ケーキも頑張って手作りして。

　元々料理は苦手だからケーキ作りはちょっと苦戦したけど、思いのほか上手にできたのでホッとした。

　アユも美味しいって言ってくれて、とっても嬉しい。

　プレゼントも喜んでくれたみたいだし。

　一緒に写真もたくさん撮れたし、アユにとって今日が特別な一日になったらいいなぁ。

　アユが喜んでくれるなら、何でもしてあげたいって思っちゃう。

　プレゼントを無事渡したあとは、ベッドに腰かけながら二人で映画を見ていた。

　アユと私が大好きな、スパイもののアクション映画。

「きゃーっ！　今のアクションヤバくない？　カッコいい！」

　私が興奮しながら見入っていたら、アユがうしろからいきなりギュッと抱きしめてきた。

「ひゃっ。アユ、どうしたの？」

「べつに、どうもしない。抱きしめたくなっただけ」

「……っ」

　そんなふうに言われたら、やっぱりドキドキしてしまう。

　アユはクールに見えて、二人きりの時はこんなふうにたくさんくっついてきてくれるから、いつも私はドキドキしっぱなしで。

　アユと付き合ってみるまでは、まさか彼がこんなに甘いなんて、思ってもみなかった。

　でも、照れくさいけれど、ほんとはうれしい。

　どこかでもっとアユに触れたいし、触れられたい、なんて思っている自分がいて。

　最近絵里に、たびたび言われるんだ。
「歩斗とまだキスしかしてないの？　そろそろなんじゃない？」って。

　そんなふうに言われたら、変にいろいろと意識しちゃうんだけど、アユはどう思ってるのかな？

　キスよりもっと……なんて、考えてたりするのかな。

　絵里は、付き合ってしばらく経つんだし、そういう関係になるのが普通だって言うんだけど、アユとはまだそんな雰囲気になったことはないし……。

　もしかして、私に色気がないせいだったりして。

　もしそうだったらちょっとショックかも。

　って、私ったら変なの。これじゃ期待してるみたいだよね。

　ひとりであれこれ考えながら、アユの腕に、そっと自分の手を添える。

　彼の温もりに包まれて、幸せな時間。

　すると、そんな時ゴロゴロ……と外から雷の音が聞こえ

てきて。

　ビクッとした私は、すぐさまうしろを振り向いた。

「ねぇ、なんか雷鳴ってない？」

「あぁ、たしかに」

　そう。実は私は雷が超苦手なんだ。

　アユもそれをわかってるから、ビビる私を見てクスッと笑う。

「怖いの？」

「こ、怖いよっ」

「大丈夫だよ。家の中だし」

　──ゴロゴロ……ドカーン！

　すると次の瞬間、どこかに雷が落ちたような音がして。

「きゃああっ！」

　その音に驚いた私は、思わず後ろにいるアユの胸に顔をうずめた。

「やだ、アユ……。助けて」

　そしてギュッと彼にしがみついたら、アユは再び私を優しく抱きしめてくれて。

「おいおい、映画観なくていいのかよ」

「だ、だって、すごいゴロゴロ鳴って……きゃあっ！」

　外でまた大きな音がしたのと同時に、悲鳴を上げる私。

　これじゃ、怖くて映画どころじゃない。

　そのままアユにずっとしがみついて、雷の音がおさまるのを待っていたら、突然アユがボソッと小声でつぶやいた。

「なぁ、そんなにくっつかれてると俺、ヤバいんだけど」

「えっ？」

「さすがに我慢できなくなる」

　その言葉にドキッとして顔を上げる私。

　が、我慢って……。

　すると次の瞬間アユが、私の耳元に口を寄せて。

「そういえばさっき美優、今日はなんでも言うこと聞いて
くれるって言ったよな？」

「え、うん……」

　たしかに私、そんなこと言ったけど。

　頷いた途端、アユは私から腕を離すと、突然手首を掴み、
ベッドに押し倒してきた。

「きゃっ！」

　あれ？　なんで……？

「あ、アユっ？」

　驚いて見上げると、アユは私を組み敷いたまま、こちら
をじっと見下ろしてきて。

「じゃあ美優のこと全部、俺にちょうだい」

「えっ……」

　予想もしていなかった彼の言葉に、心臓がドクンと飛び
跳ねる。

　ねぇ、待って。それってまさか……。

　じわっと体が熱を帯びるのと同時に、ドクドクと鼓動が
早まって、落ち着かなくて。

　だけど、なんでも聞くって言ったのは、私だもんね。

　それに、今日はアユの誕生日なわけで。

「あ、あの、えっと……っ」

「ダメ？」

　熱っぽい瞳で見つめてくるアユに問いかけられて、おそるおそる首を横に振る私。

　そしたらアユは私の手首を押さえたまま、優しく口づけてきた。

「……んっ」

　そのまま何度も角度を変えて、キスが降ってくる。

　そして、しだいに深くなるキスに、だんだん息のしかたもわからなくなってきて。

「……あ、アユっ。んんっ……」

　あまりの甘さに頭の中がクラクラしてきた。

　ど、どうしよう。ほんとに私、このままアユと……。

　恥ずかしくて、ドキドキして、体中が沸騰したみたいに熱い。

　だけど、嫌だって思う気持ちは全然なくて。

　このままアユの甘さに溺れていたいような、そんな気持ち。

　アユはいったん唇を離すと、今度は私の首筋に顔をうずめ、チュッと口づけてくる。

「……やっ」

　思わずゾクッとして、変な声が漏れる。

　アユはそんな私をじっと見下ろすと、クスッと笑って。

「美優、すげぇかわいい。もっと声聞かせて」

「や、やだっ。恥ずかしい……っ」

　だけど、再び首筋を攻められたら、やっぱり声が我慢できなくて。

「ん……やぁっ」

　さらには鎖骨の近くを吸われるような感覚がして、チクッと鈍い痛みが走った。

　あれ？　今何されたのかな？

　ドキドキしながらアユを見上げる。

　するとアユは、なぜか私を見つめたまま急に、何か考え込んだような顔をして黙り込んでいて。

「ど、どうしたの……？」

「いや、そういえば美優、淳先輩にキスマークつけられたんだよなって思って」

「えっ……」

「思い出したらなんかムカついてきた」

　言われて自分でも思い出した。

　そういえば、そんなこともあったなぁって。

　私としてはもう、忘れたいくらいに嫌な思い出だけど、アユったら覚えてたんだ。

「やだ。そんなこともう、忘れて……んっ」

　アユはまた私の口元に顔を近づけると、首筋に吸いついてくる。

　再び鈍い痛みが走って、体がビクッと反応する。

「あ、アユっ」

「美優は俺のもんだって印、つけとくから」

「……っ」

　余裕なさげな顔で見つめられて、そんなふうに言われたら、ますますドキドキしてしまう。

　私をまっすぐ見下ろすアユの表情が、なんだかやけに色っぽくて。

「これからはもう、絶対俺以外の男に触らせんなよ」

「も、もちろんだよ……っ。私には、アユだけだもん」

　私が真っ赤な顔でそう告げると、アユは私の耳元に顔を寄せて。

「俺だって、一生美優だけだから」

　そう口にした次の瞬間、少し強引に口づけてきた。

「んっ」

　再びアユの甘いキスに溺れる私。

　何度も重なる唇に、頭の中がだんだんとボーっとしてくる。

　するとアユの手が今度はワンピースの中までそっと伸びてきて。

「……ひゃっ！　アユっ？　ま、待って」

　私が驚いて声をかけたら、アユが真面目な顔で言う。

「ごめん。俺、もう余裕ない」

「えっ……」

「でも、嫌だったらやめる」

　そんなふうに言われて、嫌だなんて言えるわけがない。

　正直すごく恥ずかしいし、ちょっと怖い気持ちもある。

　だけど私、アユにだったらすべてを預けてもいいって思えるから。

「い、嫌じゃ……ない」

　おそるおそる答えたら、アユはフッと優しく笑って、それから私の額にコツンと自分の額をぶつけた。

「じゃあもう、止まんないから覚悟して」

「う、うん……っ」

「好きだよ、美優」

　アユがそう言って、私の肌に優しく触れる。

「私も……大好きっ」

　そっと彼の背中に手を伸ばした私は、大好きな彼にそのまま身を預けた。

　＊fin.＊

あとがき

こんにちは、青山そららです。このたびは『クールなモテ男子と、キスからはじまる溺愛カンケイ。〜新装版　いいかげん俺を好きになれよ〜』をお手に取ってくださって、本当にありがとうございます！

応援してくださる皆様のおかげで、12冊目の書籍を出させていただくことができました。

この作品は、私のデビュー作であり、2016年の野いちごグランプリピンクレーベル賞を受賞した思い出の作品でもあります。

まさか、5年の時を経てこうして新装版で出させていただけることになるとは思ってもみなかったので、本当に感謝の気持ちでいっぱいです！

今回は5年前の作品ということもあって、実はかなり内容を書き直し、リニューアルさせていただいてます。

エピソードや設定を一部変更したり、新たに甘々シーンを追加したり、かなり生まれ変わっている部分があります。

また、今回番外編も新たに書き下ろさせていただきました。

個人的には、原作にはなかったアユ目線を新たに書けて、すごく楽しかったです。

実は私、デビュー当時は男の子目線を書くのが苦手で、

なるべく書かないようにしていたんですよね。

　でも今はむしろ、男の子目線を書くほうが楽しかったりするので、少しは成長できたのかな、なんて思います(笑)。

　はじめてこの作品を読んでくださった方にも、サイトや書籍で読んだことがあるよという方にも、どちらにも楽しんでいただけたら嬉しいです。

　編集作業をする中で、アユと美優の二人とまたこうして向き合えたのは本当に嬉しかったです。

　友達以上恋人未満のような甘いけどじれったい関係って、いいですよね。

　アユの美優への一途な想いと溺愛っぷりが伝わっていたら嬉しく思います。

　最後になりましたが、とってもかわいくキュンキュンなイラストを描いてくださったゆにしま獏先生、デザイナー様、そしてこの本に携わってくださった皆様、本当にありがとうございました！

　そして、この本を読んでくださった読者様に、心よりの感謝を申し上げます！

　これからも楽しんでいただけるような作品を書いていけるよう頑張りますので、よろしくお願いいたします。

　　　　　　　　　　　　2021年12月25日　青山そらら

作・青山そらら (あおやま そらら)

千葉県在住のA型。コーヒーとポケモンと名探偵コナンが好き。趣味は詩や小説を書くことと映画鑑賞。読んだ人が幸せな気持になれるような胸キュン作品を書くのが目標。2016年8月、『いいかげん俺を好きになれよ』が「野いちごグランプリ2016」ピンクレーベル賞を受賞し、デビュー。著書に『俺の隣にいてほしい。』『溺愛したいのは、キミだけ。』『ふたごの愛され注意報♡』などがあり、本作は12作目の書籍化作品。

絵・ゆにしま獏 (ゆにしま ばく)

6月24日生まれ、かに座、東京都出身。お菓子が大好きで特にマカロンには目がない。2020年に『虎二先輩の飼育係』で第3回別フレRe☆デビュー大賞・大賞を受賞しデビュー。『虎二先輩の飼育係』はそのまま連載が決定し、電子版全1巻を刊行。現在も少女漫画雑誌『別冊フレンド』にて活動中。世の乙女達の「こんな男子と恋したい!」願望を漫画にすべく日々奮闘中。

ファンレターのあて先

〒104-0031

東京都中央区京橋1-3-1

八重洲口大栄ビル7F

スターツ出版 (株) 書籍編集部 気付

青山そらら 先生

本作はケータイ小説文庫 (小社刊) より2016年8月に刊行された
『いいかげん俺を好きになれよ』に加筆修正した新装版です。

KEITAI
SHOUSETSU
BUNKO
SINCE 2009

野いちご

クールなモテ男子と、
キスからはじまる溺愛カンケイ。
～新装版　いいかげん俺を好きになれよ～

2021年12月25日　初版第1刷発行

著　者　青山そらら
　　　　©Sorara Aoyama 2021

発行人　菊地修一

デザイン　カバー　ナルティス（尾関莉子）
　　　　　フォーマット　黒門ビリー＆フラミンゴスタジオ

ＤＴＰ　朝日メディアインターナショナル株式会社

発行所　スターツ出版株式会社
　　　　〒104-0031 東京都中央区京橋1-3-1　八重洲口大栄ビル7F
　　　　出版マーケティンググループ　TEL03-6202-0386
　　　　（ご注文等に関するお問い合わせ）
　　　　https://starts-pub.jp/

印刷所　共同印刷株式会社
Printed in Japan

ISBN 978-4-8137-1193-3　C0193

『イケメン幼なじみからイジワルに愛されすぎちゃう溺甘同居♡』　ＳＥＡ・著

高校生の愛咲と隼斗は腐れ縁の幼なじみ。なんだかんだ息ぴったりで仲良くやっていたけれど、ドキドキとは無縁の関係だった。しかし、海外に行く親の都合により、愛咲は隼斗と同居することに。ふたりは距離を縮めていき、お互いに意識していく。そんな時、隼斗に婚約者がいることがわかり…？

ISBN978-4-8137-1137-7
定価：649円（本体590円＋税10%）　　ピンクレーベル

『極上男子は、地味子を奪いたい。③』　＊あいら＊・著

元トップアイドルの一ノ瀬花恋が正体を隠して編入した学園は彼女のファンで溢れていて…！　暴走族LOSTの総長や最強幹部、生徒会役員やイケメンクラスメート…花恋をめぐる恋のバトルが本格的に動き出す⁉　大人気作家＊あいら＊による胸キュンシーン満載の新シリーズ第3巻！

ISBN978-4-8137-1136-0
定価：649円（本体590円＋税10%）　　ピンクレーベル

『同居したクール系幼なじみは、溺愛を我慢できない。』　小粋・著

高2の恋々は、親の都合で1つ下の幼なじみ・朱里と2人で暮らすことに。恋々に片想い中の朱里は溺愛全開で大好きアピールをするが、鈍感な恋々は気づかない。その後、朱里への恋心を自覚して動き出すけど、恋々は朱里の気持ちが信じられず…。すれ違いの同居ラブにハラハラ＆ドキドキ♡

ISBN978-4-8137-1135-3
定価：649円（本体590円＋税10%）　　ピンクレーベル

『余命38日、きみに明日をあげる。』　ゆいっと・著

小さい頃から病弱で入退院を繰り返している莉緒。彼女のことが好きな幼なじみの琉生はある日、『莉緒は、38日後に死亡する』と、死の神と名乗る人物に告げられた。莉緒の寿命を延ばすために、彼女の"望むこと"をかなえようとする。一途な想いが通じ合って奇跡を生む、感動の物語。

ISBN978-4-8137-1138-4
定価：649円（本体590円＋税10%）　　ブルーレーベル